ROALD

James
a'r
Eirinen Wlanog Enfawr

Darluniau gan Quentin Blake

Cyfieithiad gan Elin Meek

RILY

Cewch ddysgu mwy am Roald Dahl
wrth ymweld â'r wefan:

www.roalddahl.com

James a'r Eirinen Wlanog Enfawr
ISBN 1-904357-02-4

Hawlfraint y testun: © Roald Dahl Nominee Ltd, 1961
Hawlfraint y darluniau: © Quentin Blake, 1995

Cyfieithiad gan Elin Meek
Hawlfraint y cyfieithiad © Rily Publications Ltd 2003

Cyhoeddwyd yn wreiddiol yn Saesneg fel *James and the Giant Peach*

Cysodwyd mewn 12/15pt Baskerville
gan Wasg Dinefwr, Llandybïe, Sir Gaerfyrddin

Cyhoeddwyd gan Rily Publications Ltd
Blwch SB 20
Hengoed
CF82 7YR
www.rily.co.uk

Argraffwyd a rhwymwyd ym Mhrydain Fawr
gan Cox & Wyman Ltd, Reading, Berkshire, RG1 8EX

Mae'r llyfr hwn
i Olivia a Tessa

Un

Tan ei fod yn bedair blwydd oed, roedd James Henry Trotter yn hapus. Roedd e'n byw'n dawel gyda'i fam a'i dad mewn tŷ hyfryd ar lan y môr. Roedd digon o blant eraill iddo chwarae â nhw bob amser, ac roedd traeth iddo redeg arno, a môr i badlo ynddo. Roedd yn fywyd perffaith i fachgen bach.

Yna, un diwrnod, aeth mam a thad James i Lundain i siopa, a digwyddodd rhywbeth erchyll. Cafodd y ddau ohonyn nhw eu bwyta'n sydyn (a hithau'n olau dydd, cofia di, ac ar stryd brysur) gan glamp o rinoseros crac a oedd wedi dianc o Sŵ Llundain.

Nawr roedd hyn, fel y gelli di ddychmygu, yn brofiad digon cas i ddau riant mor addfwyn. Ond yn y pen draw roedd yn llawer gwaeth i James nag yr oedd iddyn nhw. Daeth eu trafferthion *nhw* i ben ar amrantiad. Roedden nhw'n farw gelain mewn tri deg pum eiliad. Roedd James druan, ar y llaw arall, yn fyw a bywiog, ac yn sydyn reit roedd e'n unig ac yn ofnus mewn byd mawr anghyfeillgar. Bu'n rhaid gwerthu'r tŷ hyfryd ar lan y môr yn syth, a dyma'r bachgen bach, ac yntau'n cario dim ond cas bychan yn cynnwys pâr o byjamas a brws dannedd, yn cael ei anfon bant i fyw gyda'i ddwy fodryb.

Eu henwau oedd Anti Sponge ac Anti Spiker, ac mae'n ddrwg gen i ddweud bod y ddwy ohonyn nhw'n bobl wirioneddol ofnadwy. Roedden nhw'n hunanol a diog a chreulon, ac o'r dechrau'n deg dechreuon nhw fwrw James druan heb reswm o gwbl bron. Fydden nhw byth yn ei alw wrth ei enw iawn, ond bydden nhw bob amser yn cyfeirio ato fel 'y bwystfil bach ffiaidd' neu 'y poendod brwnt' neu 'y creadur diflas', ac yn sicr fydden nhw byth yn rhoi unrhyw deganau iddo i chwarae â nhw nac unrhyw lyfrau lluniau i edrych arnyn nhw. Roedd ei ystafell mor foel â chell carchar.

Roedden nhw'n byw – Anti Sponge, Anti Spiker a James hefyd nawr – mewn clorwth o dŷ rhyfedd ar gopa bryn uchel yn ne Lloegr. Roedd y bryn mor uchel fel y gallai James edrych i lawr o unrhyw fan yn yr ardd bron a gweld am filltiroedd a milltiroedd dros dirlun

gwych o goed a chaeau; ac ar ddiwrnod braf iawn, petai'n edrych yn y cyfeiriad cywir, gallai weld smotyn bach llwyd ymhell ar y gorwel, sef y tŷ lle roedd e'n arfer byw gyda'i annwyl fam a'i dad. Ac ychydig y tu hwnt iddo, gallai weld y môr ei hun – llinell ddulas hir a thenau, fel llinell o inc, o dan gaead yr awyr.

Ond doedd James byth yn cael mynd i lawr o gopa'r bryn hwnnw. Roedd hi'n ormod o ffwdan i Anti Sponge ac Anti Spiker fynd ag e eu hunain, hyd yn oed am dro bach neu bicnic, ac yn sicr doedd e ddim yn cael mynd ar ei ben ei hunan. 'Dim ond gwneud drygioni wnaiff y bwystfil bach cas os aiff e mas o'r ardd,' roedd Anti Spiker wedi dweud. A bydden nhw'n addo ei

gosbi'n gas fel ei gloi yn y seler gyda'r llygod mawr am wythnos, petai e'n gwneud dim ond mentro dringo dros y ffens.

Roedd yr ardd, a oedd yn gorchuddio copa'r bryn i gyd, yn fawr a diffaith, a hen goeden eirin gwlanog nad oedd byth yn dwyn ffrwyth oedd yr unig goeden yn yr holl le (heblaw am glwmpyn o hen lwyni llawryf brwnt yn y pen pellaf). Doedd dim siglen, dim si-so, dim pwll tywod, a fyddai dim plant eraill byth yn cael eu gwahodd i ddod i fyny'r bryn i chwarae gyda James druan. Doedd dim cath na chi o gwmpas i gadw cwmni iddo hyd yn oed. Wrth i'r amser fynd yn ei flaen, aeth yn dristach ac yn fwy unig o hyd, a byddai'n arfer treulio oriau bob dydd yn sefyll ar waelod yr ardd,

gan syllu'n hiraethus ar y byd hyfryd na châi fynd iddo, byd o goedwigoedd a chaeau a môr a oedd wedi'i daenu o'i flaen fel carped hud.

Dau

Ar ôl i James Henry Trotter fod yn byw gyda'i fodrybedd am dair blynedd crwn, daeth bore pan ddigwyddodd rhywbeth braidd yn rhyfedd iddo. A dyma'r peth yma, a oedd, fel y dywedais i, dim ond *braidd* yn rhyfedd, yn achosi i ail beth ddigwydd a oedd yn rhyfedd *iawn*. Ac yna dyma'r peth rhyfedd *iawn*, yn ei dro, yn achosi i rywbeth gwirioneddol *wych* o ryfedd ddigwydd.

Dechreuodd y cyfan ar ddiwrnod crasboeth yng nghanol yr haf. Roedd Anti Sponge, Anti Spiker a James i gyd allan yn yr ardd. Roedd James wedi cael gwaith i'w wneud, fel arfer. Y tro hwn roedd e'n torri coed i stôf y gegin. Roedd Anti Sponge ac Anti Spiker yn eistedd yn gyfforddus mewn cadeiriau cynfas gerllaw, gan sipian o wydrau tal o lemonêd byrlymog ac yn cadw llygad arno i wneud yn siŵr na fyddai'n stopio gweithio am eiliad.

Pwten fach anferth o dew oedd Anti Sponge. Roedd ganddi lygaid bach fel mochyn, ceg denau, a wyneb gwyn llipa a edrychai'n union fel petai wedi cael ei ferwi. Roedd hi fel bresychen wen soeglyd wedi'i berwi'n rhy hir. Roedd Anti Spiker, ar y llaw arall, yn

11

fain ac yn dal ac yn esgyrn i gyd, a gwisgai sbectol ag ymyl dur a gâi ei dal ar waelod ei thrwyn gyda chlip. Roedd ganddi lais sgrechlyd a gwefusau hir, gwlyb a chul, a phan fyddai'n mynd yn grac neu'n gyffrous, byddai diferion bach o boer yn tasgu o'i cheg wrth iddi siarad. A dyna lle roedden nhw'n eistedd, y ddwy hen wrach erchyll, yn sipian eu diodydd, ac yn gweiddi bob hyn a hyn ar James i dorri'n gynt a chynt. Roedden nhw hefyd yn siarad amdanyn nhw eu hunain, a phob un yn sôn pa mor hardd oedd hi yn ei thyb hi. Roedd

gan Anti Sponge ddrych â choes hir yn ei chôl, a byddai'n ei godi o hyd a syllu ar ei hwyneb salw ei hunan:

'Rwy'n edrych,' meddai Anti Sponge, 'fel blodyn, reit i wala!
Fy wyneb sydd fel rhosyn pert sy'n denu pili-pala!
Mae 'ngwallt fel rhuban sidan,
O dynnu fy nwy hosan
Cewch weld fy nhraed bach cwta.'
A gwaeddodd Anti Spiker, 'Ond mor enfawr yw dy fola!'

Fe wridodd Anti Sponge. Meddai Anti Spiker wedyn,
'Fi yw'r un sy'n siapus, fi sy'n edrych fel blodeuyn,
O, dwi mor hardd, dwi'n brydferth iawn
Ond ichi beidio â sylwi'n iawn
Fod gen i ambell bloryn.'
Ac meddai Anti Sponge, 'Ond dwyt ti'n ddim ond cnawd ac esgyrn!'

'Dim ond mewn ffilmiau, ar fy ngwir, y gwelir rhai mor gain
Â fi!' cyhoeddodd Anti Sponge, 'Rhai sydd mor dlws a main!
Cawn actio'r rhannau gorau i gyd
A chawn fy nabod ar y stryd
A'r "sêr" i gyd yn llefain!'
Ac meddai Anti Spiker, 'Does neb gwell na ti fel Frankenstein!'

Roedd James druan yn dal i slafo wrth y plocyn torri. Roedd y gwres yn ofnadwy. Roedd e'n chwysu fel mochyn. Roedd ei fraich yn dolurio. Roedd y fwyell yn hen beth mawr heb fin a oedd yn llawer rhy drwm i fachgen bach ei ddefnyddio. Wrth iddo weithio, dechreuodd James feddwl am yr holl blant eraill yn y byd a'r hyn allen nhw fod yn ei wneud yr eiliad hon. Byddai rhai ar eu beiciau yn yr ardd. Byddai rhai'n cerdded mewn coedwigoedd oer yn casglu tusw o flodau gwyllt. A byddai'r holl ffrindiau bach roedd e'n arfer eu hadnabod i lawr ar lan y môr, yn chwarae yn y tywod gwlyb ac yn tasgu o gwmpas yn y dŵr . . .

14

Dechreuodd dagrau mawr lifo o lygaid James a phowlio i lawr ei fochau. Stopiodd weithio a phwyso yn erbyn y plocyn torri, wedi ei lethu gan ei anhapusrwydd.

'Beth sy'n bod arnat ti?' sgrechiodd Anti Spiker, gan rythu arno dros ymyl ei sbectol ddur.

Dechreuodd James lefain.

'Rho'r gorau iddi'n syth a gwna dy waith, y bwystfil bach cas!' gorchmynnodd Anti Sponge.

'O, Anti Sponge!' gwaeddodd James. 'Ac Anti Spiker! Allen ni ddim i gyd – *plîs* – am unwaith – fynd i lan y môr ar y bws? Dyw hi ddim yn bell – a dwi'n teimlo mor boeth ac ofnadwy ac unig . . .'

'Wel, y bwystfil diog da-i-ddim!' gwaeddodd Anti Spiker.

'Rho grasfa iddo fe!' llefodd Anti Sponge.

'Fe wna i'n sicr!' meddai Anti Spiker yn swta. Rhythodd ar James, ac edrychodd James 'nôl arni gyda llygaid mawr ofnus. 'Fe rof i grasfa i ti'n nes ymlaen yn y dydd pan na fydda i'n teimlo mor dwym,' meddai. 'A nawr cer o 'ngolwg i, y mwydyn bach atgas, a rho lonydd imi!'

Trodd James a rhedeg. Rhedodd nerth ei draed i ben draw'r ardd a chuddio y tu ôl i'r clwmpyn o hen lwyni llawryf brwnt y sonion ni amdanyn nhw ynghynt. Yna rhoddodd ei ddwylo dros ei wyneb a dechrau llefain a llefain.

Tri

Dyma pryd y digwyddodd y peth cyntaf i gyd, y peth *braidd* yn rhyfedd a arweiniodd at gymaint o bethau eraill *llawer* mwy rhyfedd.

Achos yn sydyn, yn union y tu ôl iddo, clywodd James sŵn dail yn siffrwd, a throdd a gweld hen ddyn mewn siwt werdd dywyll ryfedd yn dod o'r llwyni. Hen ddyn bach iawn oedd e, ond roedd ganddo ben moel enfawr a wyneb wedi'i orchuddio â barf ddu bigog. Stopiodd pan oedd tua thair llathen i ffwrdd, a safodd yno'n pwyso ar ei ffon ac yn syllu ar James.

Pan siaradodd, roedd ei lais yn araf a gwichlyd iawn. 'Dere'n nes ata i, fachgen bach,' meddai, gan amneidio ar James gyda'i fys. 'Dere'n agos iawn ata i ac fe ddangosa i rywbeth *rhyfeddol* i ti.'

Roedd James yn rhy ofnus i symud.

Dyma'r hen ddyn yn hercian gam neu ddau'n nes, ac yna rhoddodd ei law ym mhoced ei siaced a thynnu bag papur bychan gwyn allan.

'Weli di hwn?' sibrydodd, gan chwifio'r bag 'nôl a blaen yn araf bach o flaen wyneb James. 'Wyddost ti beth yw hwn, 'machgen i? Wyddost ti beth sydd yn y bag bach yma?'

Yna daeth yn nes eto, gan bwyso ymlaen a gwthio ei wyneb mor agos at James fel y gallai James deimlo anadl yn chwythu ar ei fochau. Roedd yr anadl yn arogli'n hen a thrymaidd a braidd fel llwydni, fel yr awyr mewn hen seler.

16

'Dere i weld, 'machgen i,' meddai, gan agor y bag
a'i droi tuag at James. Ynddo, gallai James weld crugyn
o bethau pitw gwyrdd a edrychai fel cerrig neu gris-
ialau bychain, a phob un ohonyn nhw tua'r un maint
â gronyn o reis. Roedden nhw'n hynod o hardd, ac
roedden nhw'n disgleirio'n rhyfedd, gyda rhyw lewyrch
a oedd yn gwneud iddyn nhw oleuo a phefrio yn y
ffordd fwyaf rhyfeddol.

'Gwrandawa arnyn nhw!' sibrydodd y dyn. 'Gwrandawa arnyn nhw'n symud!'

Syllodd James i'r bag, ac yn wir roedd sŵn siffrwd ysgafn yn dod ohono, ac yna sylwodd fod y miloedd o bethau bychain gwyrdd yn symud yn araf, araf bach ac yn mynd dros ei gilydd fel petaen nhw'n fyw.

'Mae mwy o rym a hud yn y pethau 'na i mewn fan'na nag yng ngweddill y byd i gyd,' meddai'r hen ddyn yn dawel.

'Ond – ond – beth *ydyn* nhw?' mwmianodd James, gan ddod o hyd i'w lais o'r diwedd. 'O ble maen nhw'n dod?'

'A-ha,' sibrydodd yr hen ddyn. 'Allet ti byth ddyfalu hynny!' Roedd rywfaint yn ei gwrcwd erbyn hyn ac yn gwthio'i wyneb yn nes ac yn nes at James nes bod blaen ei drwyn hir yn cyffwrdd â'r croen ar dalcen James. Yna'n sydyn neidiodd yn ôl a dechrau chwifio ei ffon yn wyllt yn yr awyr. 'Tafodau crocodeilod!' gwaeddodd. 'Mil o dafodau crocodeilod hir llawn llysnafedd wedi'u berwi ym mhenglog gwrach farw am ugain diwrnod a noson gyda phêl llygaid madfall! Ychwanega fysedd mwnci ifanc, glasog mochyn, pig parot gwyrdd, sudd ballasg, a thair llwyaid o siwgr. Mudferwa'r cyfan am wythnos arall, a gad i'r lleuad wneud y gweddill!'

Yn sydyn, gwthiodd y bag papur gwyn i ddwylo James ac meddai, 'Hwre! Cymer di fe! Ti biau fe!'

Pedwar

Safai James Henry Trotter yno'n dal y bag ac yn syllu ar yr hen ddyn.

'A nawr,' meddai'r hen ddyn, 'y cyfan sydd rhaid i ti ei wneud yw hyn. Cymer lond jwg fawr o ddŵr, ac arllwys y pethau bach gwyrdd iddi. Yna'n araf iawn, un ar y tro, ychwanega ddeg blewyn o dy ben di dy hunan. Dyna sy'n gwneud iddyn nhw ddechrau! Mae'n gwneud iddyn nhw ddechrau gweithio! Mewn ychydig funudau fe fydd y dŵr yn dechrau ewynnu a byrlymu'n wyllt, a chyn gynted ag y mae hynny'n digwydd rhaid i ti yfed y cyfan yn gyflym, llond y jwg, ar ei dalcen. Ac yna, 'machgen i, fe fyddi di'n ei deimlo fe'n corddi ac yn berwi yn dy stumog, ac fe fydd ager yn dechrau dod o'th geg di, ac yn union wedi hynny, bydd pethau *rhyfeddol* yn dechrau digwydd i ti, pethau *gwych, anhygoel* – a fyddi di byth yn ddiflas eto weddill dy fywyd. Achos *rwyt* ti'n ddiflas, on'd wyt ti? Does dim rhaid i ti ddweud wrtha i! Dwi'n gwybod y *cyfan*! Nawr, bant â ti a gwna'n union fel dwi'n dweud. A phaid â sibrwd gair am hyn wrth y ddwy hen fodryb ofnadwy yna sydd gen ti. Dim gair! A phaid â gadael i'r pethau gwyrdd yna fan'na ddianc oddi wrthot ti chwaith! Achos os gwnân nhw ddianc, yna fe fyddan nhw'n rhoi eu hud i rywun arall yn dy le *di*. Ac nid dyna rwyt ti eisiau o gwbl, ife, 'machgen i? *Pwy bynnag maen nhw'n dod ar ei draws gyntaf, yn chwilen, pryfyn, anifail neu goeden, dyna pwy fydd yn cael grym llawn eu hud nhw!*

Felly, dal y bag yn dynn! Paid â rhwygo'r papur! Bant â ti! Brysia! Paid ag aros! Mae'n bryd! Brysia!'

Ar hynny, trodd yr hen ddyn a diflannu i'r llwyni.

Pump

Yr eiliad nesaf, roedd James yn rhedeg nerth ei draed tua'r tŷ. Byddai'n gwneud popeth yn y gegin, meddai wrtho'i hun – petai ond yn gallu mynd i mewn yno heb i Anti Sponge ac Anti Spiker ei weld. Roedd yn gyffro i gyd. Hedfanodd drwy'r borfa hir a'r danadl poethion, heb boeni a gâi ei goesau noeth eu pigo ai peidio, ac yn y pellter gallai weld Anti Sponge ac Anti Spiker yn eistedd yn eu cadeiriau a'u cefnau tuag ato. Trodd oddi wrthyn nhw er mwyn mynd o gwmpas ochr draw'r tŷ, ond yna'n sydyn, wrth iddo fynd o dan yr hen goeden eirin gwlanog a dyfai yng nghanol yr ardd, llithrodd ei droed a chwympodd ar ei hyd yn y borfa. Rhwygodd y bag papur ar agor wrth daro'r ddaear a chafodd y miloedd o bethau pitw bach gwyrdd eu gwasgaru i bob cyfeiriad.

Cododd James ar ei bedwar yn syth a dechrau chwilio am ei drysorau gwerthfawr. *Ond beth oedd yn digwydd?* Roedd pob un yn suddo i'r pridd. Gallai eu gweld yn gwingo a throi wrth dyllu eu ffordd i'r ddaear galed, ac yn sydyn dyma fe'n estyn ei law i godi rhai ohonyn nhw cyn iddi fod yn rhy hwyr, ond

diflannon nhw o dan ei fysedd. Aeth ar ôl rhai eraill, a digwyddodd yr un peth eto! Dechreuodd grafu o gwmpas yn wyllt i geisio dal y rhai oedd ar ôl, ond roedden nhw'n rhy gyflym iddo. Bob tro roedd blaenau ei fysedd ar fin cyffwrdd â nhw, roedden nhw'n diflannu i'r ddaear! Ac yn fuan, o fewn ychydig eiliadau'n unig, roedd pob un ohonyn nhw wedi mynd!

Teimlai James fel llefain. Fyddai e byth yn eu cael nhw'n ôl nawr – roedden nhw wedi'u colli, wedi'u colli am byth.

Ond i ble roedden nhw wedi mynd? A pham yn y byd roedden nhw wedi bod mor awyddus i wthio i lawr i'r ddaear fel yna? Beth roedden nhw'n twrio amdano? Doedd dim byd i lawr *fan'na.* Dim byd ond gwreidd-iau'r hen goeden eirin gwlanog . . . a llwythi o fwydod a nadroedd cantroed a phryfed yn byw yn y pridd.

Ond beth roedd yr hen ddyn wedi'i ddweud? *Pwy bynnag maen nhw'n dod ar ei draws gyntaf, yn chwilen, pryfyn, anifail neu goeden, dyna pwy fydd yn cael grym llawn eu hud nhw!*

Arswyd y byd, meddyliodd James. Beth sy'n mynd i ddigwydd felly os dôn nhw ar draws mwydyn? Neu neidr gantroed? Neu gorryn? A beth os ân nhw i mewn i wreiddiau'r hen goeden eirin gwlanog?

'Cod ar dy draed ar unwaith, y bwystfil bach diog!' gwaeddai llais yn sydyn yng nghlust James. Edrychodd James i fyny a gweld Anti Spiker yn sefyll uwch ei ben, yn sarrug a thal ac esgyrnog, yn rhythu arno drwy ei sbectol ag ymyl ddur. 'Cer 'nôl fan'na'n syth a gorffen y gwaith o dorri'r coed yna!' gorchmynnodd.

Daeth Anti Sponge, yn dew a meddal fel slefren fôr, dan siglo y tu ôl i'w chwaer i weld beth oedd yn digwydd. 'Pam na rown ni'r crwt i lawr y ffynnon mewn bwced a'i adael yno dros nos?' awgrymodd. 'Fe ddylai

22

hynny ei ddysgu i beidio â diogi fan hyn drwy'r dydd gwyn.'

'Fe fyddai hynny'n hwyl a hanner, fy annwyl Sponge. Ond beth am inni adael iddo orffen torri'r coed gyntaf. Bant â ti, y gwalch salw, a gwna ychydig o waith!'

Yn araf ac yn drist, cododd James o'r ddaear ac aeth 'nôl at y pentwr o goed. O, petai e heb lithro a chwympo a gollwng y bag gwerthfawr yna. Roedd pob gobaith am fywyd hapus wedi diflannu'n llwyr nawr. Fyddai heddiw ac yfory a thrennydd a phob diwrnod arall yn ddim ond cosb a phoen, anhapusrwydd ac anobaith.

Cododd y fwyell ac roedd ar fin dechrau bwrw ati i dorri coed unwaith eto pan glywodd waedd y tu ôl iddo a wnaeth iddo stopio a throi.

Chwech

'Sponge! Sponge! Dere 'ma ar unwaith ac edrych ar hyn!'

'Ar beth?'

'Eirinen wlanog yw hi!' roedd Anti Spiker yn gweiddi.

'Beth?'

'Eirinen wlanog! Lan fan'na ar y gangen uchaf. Weli di mohoni hi?'

'Rhaid dy fod ti wedi camgymryd, fy annwyl Spiker. Does *byth* unrhyw eirin gwlanog ar yr hen goeden ddiflas yna.'

'Mae un arni nawr, Sponge! Edrych di drosot ti dy hunan!'

'Rwyt ti'n tynnu fy nghoes i, Spiker. Rwyt ti'n tynnu dŵr i'm dannedd i'n fwriadol heb fod dim i'w claddu nhw ynddo fe. Fuodd dim *blodyn* erioed ar y goeden 'na hyd yn oed, heb sôn am eirinen wlanog. Lan fry ar y gangen uchaf, ddwedaist ti? Wela i ddim byd. Doniol iawn . . . Ha, ha . . . Wel, *ar fy ngwir!* Wel, *myn brain i! Mae* yna eirinen wlanog lan 'na go iawn!'

'Un fawr braf yw hi hefyd!' meddai Anti Spiker.

'Un hyfryd, un hyfryd!' gwaeddodd Anti Sponge.

Ar hynny, rhoddodd James ei fwyell i lawr ac edrych draw ar y ddwy fenyw a oedd yn sefyll o dan y goeden eirin gwlanog.

Mae rhywbeth ar fin digwydd, meddai wrtho'i hun. *Mae rhywbeth rhyfedd ar fin digwydd unrhyw eiliad.* Doedd dim arlliw o syniad ganddo beth allai fod, ond gallai deimlo ym mêr ei esgyrn fod rhywbeth ar fin digwydd cyn hir. Gallai ei deimlo yn yr awyr o'i gwmpas . . . yn y llonyddwch sydyn a oedd wedi disgyn dros yr ardd . . .

Aeth James ar flaenau ei draed at y goeden. Doedd ei fodrybedd ddim yn siarad nawr. Doedden nhw'n gwneud dim ond sefyll yno, gan syllu ar yr eirinen wlanog. Doedd dim siw na miw yn unman, dim chwa o wynt hyd yn oed, ac uwch eu pennau roedd yr haul yn tywynnu arnyn nhw o awyr las tywyll.

'Mae'n edrych yn aeddfed i mi,' meddai Anti Spiker, gan dorri'r tawelwch.

'Yna pam na wnawn ni ei bwyta hi?' awgrymodd Anti Sponge, gan lyfu ei gweflau. 'Fe allwn ni gael hanner yr un. Hei, ti, James! Dere draw fan hyn ar unwaith a dringa'r goeden 'ma!'

Daeth James draw dan redeg.

'Dwi eisiau i ti bigo'r eirinen wlanog 'na lan ar y gangen uchaf,' aeth Anti Sponge yn ei blaen. 'Weli di hi?'

'Gwelaf, Anti Sponge, fe wela i hi!'

'A phaid ti â meiddio bwyta dim dy hunan. Mae dy Anti Spiker a finnau'n mynd i'w rhannu hi rhyngddon ni fan hyn, hanner yr un. Dere mlaen 'te! Lan â ti!'

Croesodd James draw at foncyff y goeden.

'Aros!' meddai Anti Spiker yn sydyn. 'Paid â gwneud dim!' Roedd hi'n syllu lan i'r canghennau yn gegrwth a'i llygaid yn chwyddo fel petai wedi gweld ysbryd. '*Edrych!*' meddai. '*Edrych*, Sponge, *edrych!*'

'Beth sy'n bod arnat ti?' mynnodd Anti Sponge.

'Mae hi'n *tyfu!*' gwaeddodd Anti Spiker. 'Mae hi'n tyfu'n fwy ac yn fwy!'

'Beth?'

'Yr eirinen wlanog, wrth gwrs!'

'Rwyt ti'n tynnu 'nghoes i!'

'Wel, edrych di, 'te!'

'Ond fy annwyl Spiker, mae hynny'n gwbl hurt. Mae'n amhosibl. Mae hynny – hynny – hynny – Nawr, aros *funud* nawr – Nac ydy – Nac ydy – all hynny ddim bod yn wir – Nac ydy – Ydy – Arswyd y byd! Mae hi *wir* yn tyfu!'

'Mae bron ddwywaith cymaint yn barod!' gwaeddodd Anti Spiker.

'All hyn ddim bod yn wir!'

'Mae'n wir!'

'Rhaid taw gwyrth yw hi!'

'Gwylia hi! Gwylia hi!'

'Dwi yn ei gwylio hi!'

'Nefoedd wen!' bloeddiodd Anti Spiker. 'Dwi'n gallu gweld y peth yn tyfu ac yn chwyddo o flaen fy llygaid i!'

Saith

Safai'r ddwy fenyw a'r bachgen bach yn gwbl lonydd ar y borfa o dan y goeden, gan syllu ar y ffrwyth rhyfeddol hwn. Roedd wyneb bach James yn goleuo gan gyffro, a'i lygaid mor fawr a disglair â dwy seren. Gallai weld yr eirinen yn chwyddo'n fwy ac yn fwy mor glir â phetai'n falŵn yn cael ei chwythu i fyny.

Mewn hanner munud, roedd yr un maint â melon!

Mewn hanner munud arall, roedd *ddwywaith* cymaint eto!

'*Edrych* arni hi'n tyfu!' gwaeddodd Anti Spiker.

'Fydd hi byth yn stopio!' gwaeddodd Anti Sponge, gan chwifio ei breichiau tew a dechrau dawnsio mewn cylchoedd.

A nawr roedd hi mor fawr fel ei bod hi'n edrych fel pwmpen enfawr felen yn hongian o ben y goeden.

'Cadw draw o'r boncyff yna, y bachgen twp!' bloeddiodd Anti Spiker. 'Un siglad bach a dwi'n siŵr y bydd hi'n cwympo! Rhaid ei bod hi'n pwyso dau ddeg neu dri deg pwys o leia!'

Roedd y gangen lle roedd yr eirinen wlanog yn tyfu'n dechrau plygu mwy a mwy oherwydd y pwysau.

'Saf draw!' gwaeddodd Anti Sponge. 'Mae hi'n dod lawr! Mae'r gangen yn mynd i dorri!'

Ond thorrodd y gangen ddim. Y cyfan wnaeth hi oedd plygu mwy a mwy wrth i'r eirinen wlanog fynd yn drymach a thrymach.

Ac roedd hi'n dal i dyfu.

Mewn munud arall, roedd y ffrwyth anferth hwn cymaint ag Anti Sponge ei hun, yr un mor grwn a thew â hi, a chyn drymed hefyd, siŵr o fod.

'Mae'n *rhaid* iddi stopio nawr!' bloeddiodd Anti Spiker. 'All hi ddim tyfu am byth!'

Ond wnaeth hi ddim stopio.

Cyn hir roedd yr un maint â char bychan, ac yn ymestyn hanner ffordd i'r ddaear.

Roedd y ddwy fodryb bellach yn hercian o gwmpas y goeden o hyd, gan guro eu dwylo a gweiddi pob math o ddwli yn eu cyffro.

'Haleliwia!' gwaeddodd Anti Spiker. 'Dyna eirinen wlanog wych! Dyna eirinen wlanog wych!'

'Anfarwol!' gwaeddodd Anti Sponge. 'Gogoneddus! Bendigedig! Ac am bryd o fwyd!'

'Mae hi'n dal i dyfu.'

'Dwi'n gwybod! Dwi'n gwybod!'

Roedd James yntau wedi'i gyfareddu gymaint gan yr holl beth fel mai'r cyfan y gallai ei wneud oedd sefyll a syllu a dweud yn dawel wrtho'i hun o dan ei wynt, 'O, on'd yw hi'n hardd. Dyna'r peth harddaf welais i erioed.'

'Cau dy hen geg, y twpsyn bach!' meddai Anti Spiker yn swta, pan ddigwyddodd hi ei glywed e. 'Meindia dy fusnes!'

'Ie'n wir,' cyhoeddodd Anti Sponge. 'Meindia dy fusnes yn llwyr. Paid â busnesu.'

'Edrych!' gwaeddodd Anti Spiker. 'Mae'n tyfu'n gynt nag erioed nawr! Mae'n cyflymu!'

'Dwi'n ei gweld hi, Spiker! Ydw! Ydw!'

Tyfodd yr eirinen wlanog yn fwy ac yn fwy, yn fwy ac yn fwy eto.

Yna o'r diwedd, pan oedd hi bron cyn daled â'r goeden roedd hi'n tyfu arni, cyn daled a chyn lleted, mewn gwirionedd, â thŷ bychan, cyffyrddodd y rhan waelod ohoni â'r ddaear – a dyna lle y gorffwysodd hi.

'All hi ddim cwympo oddi ar y goeden nawr!' gwaeddodd Anti Sponge.

'Mae hi wedi stopio tyfu!' gwaeddodd Anti Spiker.

'Na, dyw hi ddim!'

'Ydy, mae hi wedi!'

'Mae hi'n arafu, Spiker, mae hi'n arafu! Ond dyw hi ddim wedi stopio eto! Gwylia di hi!'

Bu tawelwch.

'Mae hi wedi nawr!'

'Dwi'n credu dy fod ti'n iawn.'

'Wyt ti'n meddwl ei bod hi'n saff i ni gyffwrdd â hi?'

'Dwi ddim yn gwybod. Gwell i ni fod yn ofalus.'

Dechreuodd Anti Sponge ac Anti Spiker gerdded yn ofalus o gwmpas yr eirinen wlanog, gan ei harchwil-io'n ofalus iawn o bob ochr. Roedden nhw fel cwpwl o helwyr a oedd newydd saethu eliffant a heb fod yn hollol sicr a oedd e'n fyw neu'n farw. Ac roedd y ffrwyth crwn anferth yn codi cymaint uwch eu pennau fel eu bod nhw'n edrych fel corachod o fyd arall wrth ei ochr.

Roedd croen yr eirinen wlanog yn hardd dros ben

– melyn cyfoethog fel menyn gyda darnau o binc a choch llachar. Aeth Anti Sponge ati'n wyliadwrus a chyffwrdd â hi â blaen un bys. 'Mae hi'n aeddfed!' gwaeddodd. 'Mae hi'n berffaith! Nawr, edrych, Spiker. Beth am inni fynd i nôl pâl yn syth a phalu clamp o ddarn mawr i ti a fi ei fwyta?'

'Na,' meddai Anti Spiker. 'Ddim eto.'

'Pam lai?'

'Achos 'mod i'n dweud hynny.'

'Ond alla i ddim *aros* i fwyta peth!' gwaeddodd Anti Sponge. Roedd dŵr yn dod o'i cheg nawr ac roedd diferyn tenau o boer yn llifo i lawr un ochr ei gên.

'Fy annwyl Sponge,' meddai Anti Spiker yn araf, gan wincio ar ei chwaer a gwenu gwên gyfrwys â'i gwefusau tenau. 'Mae llwyth o arian i'w wneud o hyn os awn ni ati'n iawn. Fe gei di weld.'

Wyth

Lledodd y newyddion fod eirinen wlanog bron mor fawr â thŷ wedi ymddangos yn sydyn yng ngardd rhywun fel tân gwyllt dros y wlad, a'r diwrnod canlynol dringodd llif o bobl i fyny'r bryn serth i syllu ar y rhyfeddod hwn.

Dyma Anti Sponge ac Anti Spiker yn galw seiri draw yn glou a gofyn iddyn nhw godi ffens gref o gwmpas yr eirinen wlanog i'w chadw rhag y dyrfa; ac ar yr un pryd aeth y ddwy ddynes gyfrwys yma i aros wrth y giât

ffrynt gyda phentwr mawr o docynnau a dechrau codi arian ar bobl am ddod i mewn.

'Dewch nawr! Dewch nawr!' gwaeddodd Anti Spiker. 'Dim ond un swllt i weld yr eirinen wlanog enfawr!'

'Hanner pris i blant o dan chwe wythnos oed!' gwaeddodd Anti Sponge.

'Un ar y tro, os gwelwch yn dda! Peidiwch â gwthio! Peidiwch â hwpo! Fe gewch chi i gyd ddod i mewn!'

'Hei, chi! Dewch 'nôl, wnewch chi! Dych chi ddim wedi talu!'

Erbyn amser cinio, roedd y lle'n ferw gwyllt o ddynion, menywod a phlant a phob un yn gwthio ac yn hwpo i gael cip ar y ffrwyth rhyfeddol hwn. Roedd hofrenyddion yn glanio fel cacwn dros y bryn i gyd, a mas ohonyn nhw arllwysai heidiau o ohebwyr papur newydd, dynion camera, a dynion o'r cwmnïau teledu.

'Fe fydd hi'n costio ddwywaith cymaint i chi ddod â chamera i mewn!' gwaeddodd Anti Spiker.

'O'r gorau! O'r gorau!' atebon nhw. 'Does dim ots gyda ni!' A llifodd yr arian i bocedi'r ddwy fodryb farus.

Ond tra oedd yr holl gyffro yma'n digwydd y tu allan, roedd James druan wedi cael ei orfodi i aros dan glo yn ei ystafell wely, yn syllu drwy farrau ei ffenest ar y tyrfaoedd oddi tano.

'Dim ond mynd o dan draed pobl bydd y bwystfil bach ffiaidd os caiff e grwydro ar hyd y lle,' roedd Anti Spiker wedi dweud yn gynnar y bore hwnnw.

'O *plîs!*' roedd e wedi ymbil. 'Dwi ddim wedi cwrdd â phlant eraill ers blynyddoedd mawr ac fe fydd llawer ohonyn nhw lawr 'na i fi gael chwarae â nhw. Ac efallai y gallwn i eich helpu chi gyda'r tocynnau.'

'Cau dy geg!' roedd Anti Sponge wedi dweud yn swta. 'Mae dy Anti Spiker a finnau ar fin dod yn filiwnyddion, a'r peth diwethaf rydyn ni ei eisiau yw rhywun fel ti'n gwneud cawlach o bethau a bod o dan draed.'

Yn ddiweddarach, pan ddaeth noson y diwrnod cyntaf a'r bobl i gyd wedi mynd adref, daeth y modrybedd i ddatgloi drws James a rhoi gorchymyn iddo fynd tu fas i godi'r holl groen banana a chroen oren a'r darnau papur roedd yr holl bobl wedi eu gadael ar eu hôl.

'Gaf i rywbeth i'w fwyta gyntaf, plîs?' gofynnodd. 'Dwi ddim wedi cael dim byd drwy'r dydd.'

'Na chei!' gwaeddon nhw, gan roi cic iddo mas drwy'r drws. 'Rydyn ni'n rhy brysur i wneud bwyd! Rydyn ni'n cyfrif ein harian!'

'Ond mae hi'n dywyll!' gwaeddodd James.

'Mas â ti!' bloeddion nhw. 'Ac aros mas tan iti glirio'r llanast i gyd!' Caeodd y drws yn glep. Trodd yr allwedd yn y clo.

Naw

Ac yntau'n llwglyd ac yn crynu, safai James ar ei ben ei hunan yn yr awyr agored, yn meddwl beth i'w wneud. Roedd yn nos o'i gwmpas i gyd nawr, a fry uwchben roedd lleuad gwyn gwyllt yn marchogaeth yn yr awyr. Doedd dim smic na symud yn unman.

34

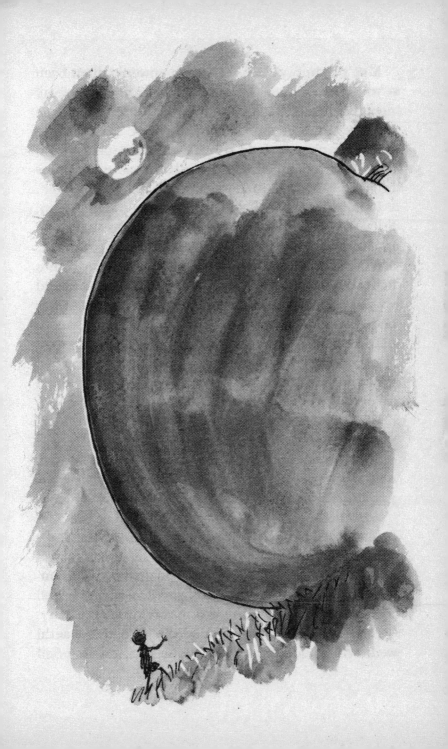

Mae'r rhan fwyaf o bobl – ac yn enwedig plant bach – yn aml yn eithaf ofnus pan fyddan nhw allan yng ngolau'r lleuad. Mae popeth yn dawel fel y bedd, ac mae'r cysgodion mor hir a thywyll, ac maen nhw'n troi yn siapiau rhyfedd o hyd sydd fel petaen nhw'n symud wrth ichi edrych arnyn nhw, ac mae sŵn y brigyn lleiaf yn crensian yn gwneud i chi neidio.

Dyna'n union sut roedd James yn teimlo nawr. Syllai'n syth o'i flaen â llygaid mawr ofnus, a phrin y mentrai anadlu. Heb fod ymhell, yng nghanol yr ardd, gallai weld yr eirinen wlanog enfawr yn codi'n uchel uwchben popeth arall. Does bosib ei bod hi hyd yn oed yn fwy heno nag erioed? A dyna olygfa lachar oedd hi! Roedd golau'r lleuad yn disgleirio ac yn pefrio ar ei hochrau mawr crwn, gan eu troi'n grisial ac arian. Roedd hi'n edrych fel pelen arian enfawr yn gorwedd fan honno yn y borfa, yn dawel, yn ddirgel ac yn rhyfeddol.

Yna'n sydyn reit, dyma iasau bach o gyffro'n dechrau rhedeg dros y croen ar gefn James.

Mae rhywbeth arall, meddai wrtho'i hun, *mae rhywbeth arall ar fin digwydd i mi eto cyn hir, rhywbeth rhyfeddach fyth y tro yma.* Roedd yn siŵr o hynny. Gallai ei deimlo'n dod.

Edrychodd o'i gwmpas, gan feddwl beth ar y ddaear fyddai. Roedd yr ardd yn feddal, ac arian yng ngolau'r lleuad. Roedd y borfa'n wlyb dan wlith ac roedd miliwn o ddafnau gwlith yn disgleirio a phefrio fel diamwntiau o gwmpas ei draed. A nawr yn sydyn, roedd yr holl le, roedd yr ardd i gyd fel petai'n *fyw* o hud.

Bron heb wybod beth roedd e'n wneud, fel petai wedi cael ei ddenu gan ryw fagnet cryf, dechreuodd

James Henry Trotter gerdded yn araf tuag at yr eirinen wlanog enfawr. Dringodd dros y ffens a oedd o'i chwmpas, a safodd yn union oddi tani, gan syllu i fyny ar ei hochrau mawr bochiog. Dyma fe'n estyn ei law a chyffwrdd â hi'n dyner â blaen un bys. Teimlai'n feddal a chynnes ac ychydig yn flewog, fel croen llygoden fach. Symudodd gam yn nes a rhwbio ei foch yn ysgafn yn erbyn y croen meddal. Ac yna'n sydyn, wrth iddo wneud hynny, digwyddodd sylwi, yn union ar ei bwys ac oddi tano, yn agos at y ddaear, bod twll yn ochr yr eirinen wlanog.

Deg

Roedd e'n dwll eithaf mawr, y math o beth y byddai anifail o faint cadno wedi'i wneud.

Aeth James ar ei liniau o flaen y twll, a gwthio ei ben a'i ysgwyddau i mewn iddo.

Dyma fe'n cropian i mewn.

Dyma fe'n dal ati i gropian.

Nid twll yw hwn, meddyliodd yn llawn cyffro. *Twnnel yw e!*

Roedd y twnnel yn llaith a thywyll, ac o'i gwmpas ym mhobman roedd arogl rhyfedd chwerwfelys eirinen wlanog ffres. Roedd y llawr yn soeglyd o dan ei ben-liniau, roedd y waliau'n wlyb ac yn ludiog, ac roedd sudd eirin gwlanog yn diferu o'r nenfwd. Agorodd James ei geg a dal ychydig ohono ar ei dafod. Roedd e'n hynod flasus.

Roedd e'n cropian am i fyny nawr, fel petai'r twnnel yn arwain yn syth at ganol y ffrwyth enfawr. Bob ychydig o eiliadau, byddai'n aros a chnoi tamaid o'r wal. Roedd yr eirinen yn felys a suddlon, ac yn torri ei syched yn rhyfeddol.

Dyma fe'n cropian am sawl llathen eto, ac yna'n sydyn – *bang* – dyma gorun ei ben yn taro rhywbeth hynod galed yn rhwystro'r ffordd. Edrychodd i fyny. O'i flaen roedd wal gadarn a oedd yn edrych ar y dechrau fel petai wedi ei gwneud o bren. Cyffyrddodd â hi â'i fysedd. Roedd hi'n sicr yn teimlo fel pren, ond ei fod yn dolciog ac yn llawn rhychau dwfn.

'Nefoedd wen!' meddai. 'Dwi'n gwybod beth yw hwn! Dwi wedi cyrraedd y garreg yng nghanol yr eirinen wlanog!'

Yna sylwodd fod drws bychan wedi ei dorri yn wyneb carreg yr eirinen wlanog. Dyma fe'n ei wthio. Agorodd led y pen. Dyma fe'n cropian drwyddo, a chyn iddo gael amser i edrych i fyny a gweld ble

roedd e, clywodd lais yn dweud, '*Edrychwch* pwy sy 'ma!' A dywedodd un arall, 'Rydyn ni wedi bod yn *disgwyl* amdanat ti!'

Stopiodd James a syllu ar y siaradwyr, a'i wyneb yn wyn gan arswyd.

Dechreuodd sefyll, ond roedd ei benliniau'n crynu cymaint fel y bu'n rhaid iddo eistedd eto ar y llawr. Ciledrychodd y tu ôl iddo, gan feddwl y gallai ddianc yn ôl i'r twnnel yr un ffordd ag y daethai, ond roedd y drws wedi diflannu. Nawr dim ond wal frown solet oedd y tu ôl iddo.

Un deg un

Crwydrodd llygaid mawr ofnus James yn araf o gwmpas yr ystafell.

Roedd y creaduriaid, rhai'n eistedd ar gadeiriau, eraill yn gorwedd ar soffa, i gyd yn ei wylio'n ofalus.

Creaduriaid?

Neu ai pryfed oedden nhw?

Rhywbeth gweddol fach yw pryfyn fel arfer, yntê? Pryfyn yw sioncyn y gwair, er enghraifft.

Felly beth fyddet ti'n ei alw fe petait ti'n gweld sioncyn y gwair o'r un maint â chi? O'r un maint â chi *mawr*. Prin y gallet ti alw *hwnnw*'n bryfyn, allet ti?

Roedd Hen Sioncyn y Gwair Gwyrdd cymaint â chi mawr yn eistedd yn union gyferbyn â James yn yr ystafell nawr.

39

Ac ar bwys yr Hen Sioncyn y Gwair Gwyrdd, roedd Corryn enfawr.

Ac ar bwys y Corryn, roedd Buwch Goch Gota enfawr gyda naw smotyn ar ei chragen ysgarlad.

Roedd pob un o'r rhain yn eistedd ar gadair odidog.

Ar soffa gerllaw, yn gorwedd yn gyfforddus wedi cyrlio i fyny, roedd Neidr Gantroed (un wrywaidd) a Mwydyn.

Ar y llawr yn y gornel bellaf, roedd rhywbeth tew a gwyn a edrychai fel y gallai fod yn Bryf Sidan. Ond roedd hi'n cysgu'n drwm a doedd neb yn cymryd sylw ohoni.

Roedd pob un o'r 'creaduriaid' hyn o leiaf yr un maint â James ei hunan, ac yn y golau gwyrddaidd rhyfedd oedd yn disgleirio o rywle yn y nenfwd, roedden nhw'n olygfa frawychus.

'Mae eisiau bwyd arna i!' cyhoeddodd y Corryn yn sydyn, gan syllu'n hir ar James.

'*Dwi*'n llwgu!' meddai'r Hen Sioncyn y Gwair Gwyrdd.

'A *finnau* hefyd!' gwaeddodd y Fuwch Goch Gota.

Cododd y Neidr Gantroed fymryn ar ei eistedd ar y soffa. 'Mae *pawb* yn llwgu!' meddai. 'Mae eisiau bwyd arnon ni!'

Roedd pedwar pâr o lygaid du fel gwydr i gyd yn rhythu ar James.

Gwingodd y Neidr Gantroed ei gorff fel petai ar fin llithro oddi ar y soffa – ond wnaeth e ddim.

Bu saib hir – a thawelwch hir.

Dyma'r Corryn (a oedd yn digwydd bod yn gorryn benywaidd) yn agor ei cheg a rhedeg tafod hir du dros ei gwefusau. 'Does dim eisiau bwyd arnot *ti*?' gofynnodd yn sydyn, gan bwyso ymlaen a chyfarch James.

Roedd James druan â'i gefn yn erbyn y wal bellaf, yn crynu gan ofn ac wedi dychryn gormod o lawer i ateb.

'Beth sy'n bod arnat ti?' gofynnodd yr Hen Sioncyn y Gwair Gwyrdd. 'Rwyt ti'n edrych yn dost yn bendant!'

'Mae e'n edrych fel petai e'n mynd i lewygu unrhyw eiliad,' meddai'r Neidr Gantroed.

'O'r annwyl, druan bach!' gwaeddodd y Fuwch Goch Gota. 'Dwi'n credu ei fod e'n meddwl mai *fe* rydyn ni eisiau ei fwyta!'

Daeth bloedd o chwerthin oddi wrth bawb.

'O diar, o diar!' meddent. 'Am syniad erchyll!'

'Paid ag ofni,' meddai'r Fuwch Goch Gota'n garedig. 'Fydden ni ddim yn *breuddwydio* gwneud niwed i ti. Rwyt ti'n un ohonon *ni* nawr, wyddet ti hynny? Rwyt ti'n un o'r criw. Rydyn ni i gyd yn yr un cwch.'

'Rydyn ni wedi bod yn disgwyl amdanat ti drwy'r dydd,' meddai'r Hen Sioncyn y Gwair Gwyrdd. 'Roedden ni'n meddwl na fyddet ti byth yn dod. Dwi'n falch dy fod ti wedi gallu dod.'

'Felly cwyd dy galon, fachgen, cwyd dy galon!'

meddai'r Neidr Gantroed. 'Ac yn y cyfamser fe fyddai hi'n dda gyda fi petait ti'n dod draw fan hyn a rhoi help llaw i mi gyda'r esgidiau 'ma. Mae'n cymryd *oriau* i mi eu tynnu nhw ar fy mhen fy hunan.'

Un deg dau

Penderfynodd James nad dyma'r amser yn sicr i fod yn annifyr, felly aeth i ochr draw'r ystafell i'r lle roedd y Neidr Gantroed yn eistedd, a phenlinio wrth ei ochr.

'Diolch o galon iti,' meddai'r Neidr Gantroed. 'Rwyt ti'n hynod garedig.'

'Mae llawer o esgidiau gyda ti,' mwmianodd James.

'Mae llawer o goesau gyda fi,' atebodd y Neidr Gantroed yn falch. 'A llawer o draed. Cant, a bod yn fanwl.'

'*Dyna* fe wrthi eto!' gwaeddodd y Mwydyn, gan siarad am y tro cyntaf. 'Dyw e ddim yn gallu peidio rhaffu celwyddau am ei goesau! Does dim byd *tebyg* i gant ohonyn nhw gyda fe! Dim ond pedwar deg dwy sydd gyda fe! Y trafferth yw nad yw'r rhan fwyaf o bobl yn trafferthu eu cyfrif nhw. Maen nhw'n cymryd ei air e. A beth bynnag, does dim byd yn *rhyfeddol*, wyddost ti, Neidr Gantroed, am fod â llawer o goesau.'

'Druan bach,' meddai'r Neidr Gantroed, gan sibrwd yng nghlust James. 'Mae e'n ddall. Dyw e ddim yn gallu gweld pa mor wych dwi'n edrych.'

'Yn fy marn i,' meddai'r Mwydyn, 'y peth *gwir-ioneddol* ryfeddol yw bod heb goesau o gwbl a gallu cerdded yn union yr un fath.'

'*Cerdded* rwyt ti'n galw hynna!' gwaeddodd y Neidr Gantroed. '*Ymlusgwr* wyt ti, dyna i gyd! Dim ond *ymlusgo* rwyt ti!'

'Hofran dwi,' meddai'r Mwydyn yn bryséis.

'Bwystfil seimllyd wyt ti,' atebodd y Neidr Gantroed.

'*Nid* bwystfil seimllyd ydw i,' meddai'r Mwydyn.

'Dwi'n greadur defnyddiol y mae pawb yn ei garu. Gofynna di i unrhyw arddwr. Ond rwyt tithau . . .'

'Pla ydw i!' cyhoeddodd y Neidr Gantroed, gan wenu fel giât ac edrych o gwmpas yr ystafell i gael cymeradwyaeth.

'Mae e *mor* falch o hynny,' meddai'r Fuwch Goch Gota, gan wenu ar James. 'Er na alla i yn fy myw ddeall pam.'

'Fi yw'r unig bla yn yr ystafell yma!' gwaeddodd y Neidr Gantroed, gan ddal i wenu. 'Oni bai eich bod chi'n cyfrif yr Hen Sioncyn y Gwair Gwyrdd draw fan'na. Ond mae e wedi gweld dyddiau gwell. Mae e'n rhy hen i fod yn bla mwyach.'

Trodd yr Hen Sioncyn y Gwair Gwyrdd ei lygaid du enfawr ar y Neidr Gantroed ac edrych yn ddeifiol arno. 'Fachgen ifanc,' meddai, gan siarad mewn llais dwfn, araf a gwawdlyd, 'Fues i erioed yn bla yn fy myw. Cerddor ydw i.'

'Clywch, clywch!' meddai'r Fuwch Goch Gota.

'James,' meddai'r Neidr Gantroed. 'James *yw* dy enw di, yntê?'

'Ie.'

'Wel, James, wyt ti erioed yn dy fyw wedi gweld Neidr Gantroed mor enfawr a rhyfeddol â mi?'

'Nac ydw'n sicr,' atebodd James. 'Sut yn y byd daethoch chi i fod fel yna?'

'*Hynod* ryfedd,' meddai'r Neidr Gantroed. '*Hynod, hynod* ryfedd yn wir. Gad i mi ddweud wrthot ti beth ddigwyddodd. Ro'n i'n potsian yn yr ardd o dan yr hen goeden eirin gwlanog ac yn sydyn daeth rhyw-beth bach gwyrdd rhyfedd heibio fy nhrwyn dan

45

wingo. Roedd e'n wyrdd llachar, ac yn arbennig o hardd, ac roedd e'n edrych fel rhyw fath o garreg bitw fach neu grisial . . .'

'O, ond dw i'n gwybod beth oedd hwnna!' gwaeddodd James.

'Digwyddodd hynna i fi, hefyd!' meddai'r Fuwch Goch Gota.

'A finnau!' meddai Miss Corryn. 'Yn sydyn roedd pethau bach gwyrdd ym mhobman! Roedd y pridd yn llawn ohonyn nhw!'

'Fe lyncais i un a dweud y gwir!' cyhoeddodd y Mwydyn yn falch.

'A finnau hefyd!' meddai'r Fuwch Goch Gota.

'Fe lyncais i dri!' gwaeddodd y Neidr Gantroed. 'Ond pwy sy'n adrodd y stori yma beth bynnag? Peidiwch â thorri ar fy nhraws!'

'Mae'n rhy hwyr i adrodd straeon nawr,' cyhoeddodd yr Hen Sioncyn y Gwair Gwyrdd. 'Mae'n amser mynd i gysgu.'

'Dwi'n gwrthod cysgu yn fy esgidiau!' gwaeddodd y Neidr Gantroed. 'Faint mwy sydd i'w tynnu, James?'

'Dwi'n credu 'mod i wedi gwneud tua dau ddeg hyd yma,' meddai James wrtho.

'Felly mae hynny'n gadael wyth deg i fynd,' meddai'r Neidr Gantroed.

'*Dau ddeg dau*, nid *wyth deg*!' sgrechiodd y Mwydyn. 'Mae e'n dweud celwydd eto.'

Chwarddodd y Neidr Gantroed yn braf.

'Paid â thynnu coes y Mwydyn,' meddai'r Fuwch Goch Gota.

Dechreuodd y Neidr Gantroed chwerthin yn wyllt.

'Tynnu ei *goes*!' gwaeddodd, gan wingo'n llawen a phwyntio at y Mwydyn. 'Pa goes dwi'n ei thynnu? Dwed hynny wrtha i!'

Penderfynodd James ei fod yn eithaf hoff o'r Neidr Gantroed. Roedd e'n amlwg yn walch drwg, ond roedd clywed rhywun yn chwerthin bob hyn a hyn yn newid braf. Doedd e erioed wedi clywed Anti Sponge neu Anti Spiker yn chwerthin yn uchel gydol yr amser roedd e wedi bod gyda nhw.

'Mae'n *rhaid* yn wir i ni gael ychydig o gwsg,' meddai'r Hen Sioncyn y Gwair Gwyrdd. 'Mae diwrnod caled gyda ni o'n blaenau ni yfory. Felly a fyddech chi mor garedig, Miss Corryn, â gwneud y gwelyau?'

Un deg tri

Ychydig funudau'n ddiweddarach, roedd Miss Corryn wedi gwneud y gwely cyntaf. Roedd yn hongian o'r nenfwd, yn crogi wrth raff o edau ar bob pen fel ei fod mewn gwirionedd yn edrych yn fwy fel hamog na gwely. Ond roedd yn wely godidog, ac roedd y defnydd roedd e wedi'i wneud ohono'n disgleirio fel sidan yn y golau gwan.

'Gobeithio'n wir y byddwch chi'n gyfforddus,' meddai Miss Corryn wrth yr Hen Sioncyn y Gwair Gwyrdd. 'Fe wnes i fe mor feddal a sidanaidd ag y gallwn i. Fe nyddais i fe â gwawn. Mae honno'n edau o ansawdd lawer yn well na'r un dwi'n ei defnyddio i wneud fy ngwe fy hunan.'

'Diolch yn fawr iawn ichi, foneddiges annwyl,' meddai'r Hen Sioncyn y Gwair Gwyrdd, gan ddringo i'r hamog. 'A, dyma'n union roedd ei angen arna i. Nos da, bawb. Nos da.'

Yna nyddodd Miss Corryn yr hamog nesaf, ac aeth y Fuwch Goch Gota i mewn iddo.

Wedi hynny, nyddodd un hir i'r Neidr Gantroed, ac un hyd yn oed yn hirach i'r Mwydyn.

'A sut rwyt ti'n hoffi dy wely *di*?' gofynnodd i James pan ddaeth ei dro ef. 'Yn galed neu'n feddal?'

'Dwi'n ei hoffi fe'n feddal, diolch yn fawr iawn,' atebodd James.

'Er mwyn popeth, paid â syllu o gwmpas yr ystafell a bwria 'mlaen â fy esgidiau i!' meddai'r Neidr Gantroed. 'Dwyt ti a fi byth yn mynd i gael unrhyw gwsg fel hyn! Ac a fyddet ti cystal â'u gosod nhw mewn rhes yn barau wrth i ti eu tynnu nhw. Paid â'u taflu nhw dros dy ysgwydd rywsut-rywsut.'

Gweithiodd James yn wyllt wrth esgidiau'r Neidr Gantroed. Roedd careiau ar bob un roedd yn rhaid eu datod a'u llacio cyn y gellid ei thynnu, ac i wneud pethau'n waeth, roedd y careiau i gyd wedi eu clymu â'r clymau mwyaf ofnadwy o gymhleth fel yr oedd yn rhaid eu tynnu'n rhydd ag ewinedd. Roedd e'n waith cwbl erchyll. Cymerodd hi tua dwy awr. Ac erbyn i James dynnu'r esgid olaf un a'u gosod i gyd yn rhes ar y llawr – dau ddeg un pâr i gyd – roedd y Neidr Gantroed yn cysgu'n braf.

'Dihunwch, Neidr Gantroed,' sibrydodd James, gan roi pwt tyner iddo yn ei stumog. 'Mae'n amser gwely.'

'Diolch, blentyn annwyl,' meddai'r Neidr Gantroed,

gan agor ei lygaid. Yna aeth oddi ar y soffa, a cherdded ar draws yr ystafell a chropian i'w hamog. Aeth James i'w hamog ei hun – ac o, roedd hi mor feddal ac esmwyth o'i chymharu â'r lloriau pren caled roedd ei fodrybedd bob amser wedi gwneud iddo gysgu arnyn nhw gartref.

'Diffodd y golau,' meddai'r Neidr Gantroed yn gysglyd.

Ddigwyddodd dim byd.

'Diffodd y golau!' galwodd gan godi ei lais.

Edrychodd James o gwmpas yr ystafell gan feddwl tybed pa un o'r lleill allai e fod yn siarad ag ef, ond roedden nhw i gyd yn cysgu. Roedd yr Hen Sioncyn y Gwair Gwyrdd yn chwyrnu'n braf drwy ei drwyn. Roedd y Fuwch Goch Gota'n gwneud sŵn chwibanu wrth iddi anadlu, ac roedd y Mwydyn wedi cyrlio fel sbring yn un gornel o'i hamog, yn gwichian a chwythu drwy ei geg agored. Ac roedd Miss Corryn hithau wedi gwneud gwe hyfryd iddi ei hun ar draws un gornel o'r ystafell, a gallai James ei gweld yn ei chwrcwd yn union yng nghanol y we, yn mwmian yn dawel wrth freuddwydio.

'Diffodd y golau, dwedais i!' gwaeddodd y Neidr Gantroed yn gas.

'Ydych chi'n siarad â fi?' gofynnodd James iddo.

'Wrth gwrs nad ydw i'n siarad â ti, y twpsyn!' atebodd y Neidr Gantroed. 'Mae'r Pryfyn Tân dwl yna wedi mynd i gysgu gyda'i golau ynghynn!'

Am y tro cyntaf ers iddo ddod i mewn i'r ystafell, edrychodd James ar y nenfwd – ac yno gwelodd olygfa hynod ryfeddol. Roedd rhywbeth a oedd yn edrych fel

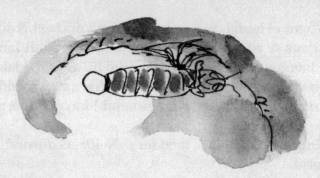

pryfyn enfawr heb adenydd (roedd o leiaf tua thair troedfedd o hyd) yn sefyll ben i waered ar ei chwe choes ynghanol y nenfwd, ac roedd cynffon y creadur yma fel petai ar dân yn llythrennol. Roedd golau gwyrddaidd mor llachar â'r bwlb trydan disgleiriaf yn disgleirio o'i gynffon ac yn goleuo'r ystafell i gyd.

'Ai Pryfyn Tân yw *honna*?' gofynnodd James, gan syllu ar y golau. 'Dyw hi ddim yn edrych fel unrhyw fath o bryfyn i fi.'

'Wrth gwrs mai Pryfyn Tân yw hi,' atebodd y Neidr Gantroed. 'O leiaf dyna mae *hi*'n ei galw ei hunan. Ond rwyt ti'n eithaf cywir mewn gwirionedd. Nid

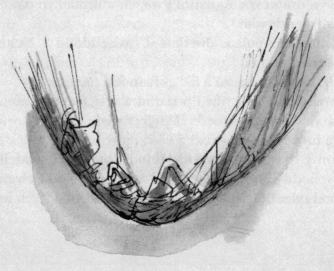

pryfyn go iawn yw hi o gwbl. Dim ond pryfyn tân benyw heb adenydd yw hi. Dihuna, y bwystfil diog!'

Ond symudodd y Pryfyn Tân ddim, felly estynnodd y Neidr Gantroed o'i hamog a chodi un o'i esgidiau o'r llawr. 'Diffodd yr hen olau yna!' gwaeddodd, gan daflu'r esgid lan i'r nenfwd.

Agorodd y Pryfyn Tân un o'i llygaid yn araf a rhythu ar y Neidr Gantroed. 'Does dim eisiau bod yn anghwrtais,' meddai'n oeraidd. 'Popeth yn ei bryd.'

'Dere 'mlân, dere 'mlân, dere 'mlân!' gwaeddodd y Neidr Gantroed. 'Neu fe ddiffodda i fe i ti!'

'O, helô, James!' meddai'r Pryfyn Tân, gan edrych i lawr a chodi llaw ar James a gwenu arno. 'Welais i mohonot ti'n dod i mewn. Croeso, fachgen annwyl, croeso – a nos da!'

Yna *clic* – a diffoddodd y golau.

Gorweddai James Henry Trotter yno yn y tywyllwch a'i lygaid ar agor led y pen, gan wrando ar y synau cysgu rhyfedd roedd y 'creaduriaid' yn eu gwneud o'i gwmpas i gyd, a meddwl beth yn y byd fyddai'n digwydd iddo yn y bore. Roedd e'n dechrau hoffi ei ffrindiau newydd yn fawr yn barod. Doedden nhw ddim hanner mor ofnadwy ag yr oedden nhw'n edrych. Mewn gwirionedd doedden nhw ddim yn ofnadwy o gwbl. Roedden nhw'n edrych yn garedig iawn ac yn fodlon rhoi help llaw er gwaetha'r holl weiddi a dadlau oedd yn digwydd rhyngddyn nhw.

'Nos da, Hen Sioncyn y Gwair Gwyrdd,' sibrydodd. 'Nos da, Fuwch Goch Gota – Nos Da, Miss Corryn –' Ond cyn iddo allu eu henwi i gyd, roedd e wedi dechrau cysgu'n sownd.

Un deg pedwar

'Rydyn ni'n mynd!' roedd rhywun yn gweiddi. 'Rydyn ni'n mynd o'r diwedd!'

Dihunodd James gyda braw ac edrych o'i gwmpas. Roedd y creaduriaid i gyd wedi codi o'u hamogau ac yn symud yn gyffrous o gwmpas yr ystafell. Yn sydyn, dyma'r llawr yn rhoi naid enfawr, fel petai daeargryn yn digwydd.

'Dyma ni'n mynd!' gwaeddodd yr Hen Sioncyn y Gwair Gwyrdd, gan neidio i fyny ac i lawr mewn cyffro. 'Daliwch eich gafael!'

'Beth sy'n digwydd?' gwaeddodd James, gan lamu o'i hamog. 'Beth sy'n mynd ymlaen?'

Daeth y Fuwch Goch Gota, a oedd yn amlwg yn greadur caredig ac addfwyn, draw a sefyll wrth ei ymyl. 'Rhag ofn nad wyt ti'n gwybod,' meddai, 'rydyn ni ar fin gadael pen y bryn ofnadwy yma rydyn ni i gyd wedi bod yn byw arno am gymaint o amser, a hynny am byth. Rydyn ni ar fin rholio i ffwrdd yn yr eirinen wlanog enfawr hardd yma i wlad o . . . i wlad o –'

'O beth?' gofynnodd James.

'Paid ti â phoeni,' meddai'r Fuwch Goch Gota. 'Ond allai dim byd fod yn waeth na chopa'r bryn diffaith yma a'r ddwy fodryb atgas yna sydd gyda ti –'

'Clywch, clywch!' gwaeddodd pawb. 'Clywch, clywch!'

'Efallai nad wyt ti wedi sylwi,' aeth y Fuwch Goch Gota yn ei blaen, 'ond mae'r ardd i gyd, hyd yn oed cyn iddi gyrraedd ochr serth y bryn, yn digwydd bod ar lethr serth. Felly'r unig beth sydd wedi bod yn rhwystro'r eirinen wlanog yma rhag rholio o'r dechrau'n deg yw'r coesyn tew sy'n ei chydio wrth y goeden. Os caiff y coesyn ei dorri, bant â ni.'

'Gwyliwch!' gwaeddodd Miss Corryn, wrth i'r ystafell symud yn wyllt eto. 'Dyma ni'n mynd!'

'Ddim yn hollol! Ddim yn hollol!'

'Yr eiliad yma,' aeth y Fuwch Goch Gota yn ei blaen, 'mae'r Neidr Gantroed, sydd â genau mor finiog â rhasel, i fyny ar ben yr eirinen wlanog yn cnoi'r coesyn. Mewn gwirionedd, mae e bron â bod drwyddo siŵr o fod, fel y gweli di o'r ffordd rydyn ni'n symud o gwmpas. Hoffet ti i mi dy gymryd di o dan fy adain fel na fyddi di'n cwympo pan fyddwn ni'n dechrau rholio?'

'Dych chi'n garedig iawn,' meddai James, 'ond dwi'n credu y bydda i'n iawn.'

Yr eiliad honno, gwthiodd y Neidr Gantroed ei ben yn wên i gyd drwy'r twll yn y nenfwd a gweiddi, 'Dwi wedi llwyddo! Rydyn ni'n mynd!'

'Rydyn ni'n mynd!' gwaeddodd y lleill. 'Rydyn ni'n mynd!'

'Mae'r daith yn dechrau!' gwaeddodd y Neidr Gantroed.

'A phwy a ŵyr ble daw hi i ben,' mwmianodd y Mwydyn, 'os wyt *ti* ynghlwm wrth y peth. Dim ond trafferth all hynny fod.'

'Paid â siarad dwli,' meddai'r Fuwch Goch Gota. 'Rydyn ni nawr ar fin ymweld â'r mannau mwyaf rhyfeddol a gweld y pethau mwyaf ysblennydd! On'd ydyn ni, Neidr Gantroed?'

'Anodd gwybod beth welwn ni!' gwaeddodd y Neidr Gantroed.

'Fe allem weld creadur â phedwar deg naw
O bennau, mewn eira yn sythu,
Ac os yw'n dal annwyd mae'n gweiddi mewn braw
Gan fod pedwar deg naw trwyn i'w sychu.

'Fe allem weld Bwystfil gwenwynig a chas
All lyncu un dyn ar ei dalcen.
I ginio mae'n bwyta pum dyn gyda blas
A deunaw i swper mewn hufen.

'Fe allem weld Ungorn, fe allem weld Draig,
Does neb yn siŵr iawn beth sydd yno.
Fe allem weld Anghenfil enfawr ar graig,
A bysedd ei draed yn disgleirio.

'Fe allem weld Iâr fach sy'n annwyl a llon,
Yn chwarae a chrwydro a phigo.
Os bwytwch un ŵy o'r nyth gwellt sy gan hon,
Bydd eich pen chi yn fflamio a ffrwydro.

'R'yn ni'n siŵr o weld Chwilod a haid o Frogaod,
A Phryfyn â phigiad fel sbardun.
Bydd un pen o'r pigiad i lawr wrth eich traed
A'r pen arall lan fry wrth eich corun.

'Fe allem ddiflannu, fe allem ni lwgu,
Neu farw mewn corwynt difrifol,
A gwaeth fyth na hynny, fe allem ni faglu
A chwympo ar lawr rhwng dwy stôl.

'Ond does neb yn becso, bant â ni o'r hen fryn!
Fe gawn rolio a rhedeg a chwympo,
A throsi a throi a gawn wedi hyn
A Spiker a Sponge wedi cilio!'

Eiliad yn ddiweddarach . . . yn araf, yn llechwraidd, o, mor esmwyth, dechreuodd yr eirinen wlanog enfawr bwyso ymlaen a chychwyn symud. Dechreuodd yr ystafell gyfan droi drosodd a llithrodd y dodrefn i gyd ar draws y llawr, a tharo yn erbyn y wall bellaf. Felly hefyd James a'r Fuwch Goch Gota a'r Hen Sioncyn y Gwair Gwyrdd a Miss Corryn a'r Mwydyn, a hefyd y Neidr Gantroed, a oedd newydd lithro'n gyflym i lawr y wal.

Un deg pump

Allan yn yr ardd, ar yr union eiliad honno, roedd Anti Sponge ac Anti Spiker newydd fynd i'w lle wrth y giât ffrynt, gyda phentwr o docynnau yn eu dwylo, ac roedd y llif cyntaf o ymwelwyr i'w weld yn y pellter yn dringo'r bryn i weld yr eirinen wlanog.

'Fe wnawn ni ffortiwn heddiw,' roedd Anti Spiker yn ei ddweud. 'Edrych ar yr holl bobl yna!'

'Tybed beth ddigwyddodd i'n hen fachgen bach

ofnadwy ni neithiwr,' meddai Anti Sponge. 'Ddaeth e byth 'nôl i'r tŷ, do fe?'

'Mae'n debyg iddo fe gwympo yn y tywyllwch a thorri ei goes,' meddai Anti Spiker.

'Neu ei wddf, falle,' meddai Anti Sponge yn obeithiol.

'*Aros* di nes i mi gael gafael arno fe,' meddai Anti Spiker, gan chwifio ei ffon. 'Fydd e byth eisiau aros mas drwy'r nos erbyn i *fi* orffen ag e. Mawredd mawr! Beth yw'r sŵn ofnadwy yna?'

Trodd y ddwy fenyw i edrych.

Roedd y sŵn, wrth gwrs, wedi cael ei achosi gan yr eirinen wlanog enfawr yn bwrw drwy'r ffens a oedd o'i chwmpas, a nawr, gan gyflymu fesul eiliad, rholiodd ar draws yr ardd tuag at y man lle roedd Anti Sponge ac Anti Spiker yn sefyll.

Dyma nhw'n rhythu. Dyma nhw'n sgrechian. Dyma nhw'n dechrau rhedeg. Dyma nhw'n cynhyrfu. Aeth y ddwy yn ffordd ei gilydd. Dechreuon nhw wthio a hwpo, ac roedd y naill a'r llall yn meddwl dim ond am achub ei hunan. Baglodd Anti Sponge, yr un dew, dros flwch roedd hi wedi dod gyda hi i gadw'r arian, a chwympo ar ei hyd ar lawr. Ar hynny, baglodd Anti Spiker dros Anti Sponge a chwympo ar ei phen. Gorweddai'r ddwy ohonyn nhw ar y llawr, yn ymladd ac yn crafangu ac yn gweiddi ac yn ymdrechu'n wyllt i godi eto, ond cyn iddyn nhw allu gwneud hynny, roedd yr eirinen wlanog anferth ar eu pennau.

Daeth sŵn crensian.

Ac yna roedd tawelwch.

Rholiodd yr eirinen wlanog yn ei blaen. A'r tu ôl iddi, gorweddai Anti Sponge ac Anti Spiker wedi eu smwddio ar y borfa mor wastad a thenau a difywyd â chwpwl o ddoliau papur wedi'u torri o lyfr lluniau.

Un deg chwech

A nawr roedd yr eirinen wlanog wedi torri'n rhydd o'r ardd ac roedd hi dros ymyl y bryn, yn rholio a bownsio i lawr y llethr serth yn rhyfeddol o gyflym. Aeth yn gynt a chynt a chynt, ac yn sydyn gwelodd y tyrfaoedd o bobl a oedd yn dringo'r bryn yr anghenfil ofnadwy yma'n plymio tuag atyn nhw a dyma nhw'n sgrechian ac yn gwasgaru i'r dde ac i'r chwith wrth iddi ruthro heibio.

Ar waelod y bryn gwibiodd ar draws y ffordd, gan fwrw polyn teligraff a gwasgu dau gar wedi'u parcio yn fflat wrth iddi fynd heibio.

Yna rhuthrodd yn wyllt ar draws tua ugain o gaeau, gan dorri'r holl ffensys a chloddiau yn ei llwybr. Aeth yn union drwy ganol gyrr o wartheg Jersey gwych, ac yna drwy braidd o ddefaid, ac yna drwy lond padog o geffylau, ac yna drwy lond buarth o foch, a chyn hir roedd y wlad i gyd yn berwi o heidiau o anifeiliaid wedi'u dychryn yn carlamu'n wyllt i bob cyfeiriad.

Roedd yr eirinen wlanog yn dal i fynd yn anhygoel o gyflym heb unrhyw sôn ei bod yn arafu, ac ymhen rhyw filltir arall daeth at bentref.

Rholiodd i lawr prif stryd y pentref, gyda phobl yn llamu'n wyllt o'i llwybr i'r dde ac i'r chwith, ac ar ben y stryd tarodd drwy wal adeilad enfawr a mas drwy'r ochr draw, gan adael dau dwll mawr crwn yn y brics.

Roedd yr adeilad yma'n digwydd bod yn ffatri enwog lle roedden nhw'n gwneud siocled, a bron ar unwaith llifodd afon fawr o siocled cynnes wedi toddi o'r tyllau yn wal y ffatri. Funud yn ddiweddarach, roedd y llanast gludiog brown yma'n llifo drwy bob stryd yn y pentref, gan lifo o dan ddrysau'r tai ac i mewn i siopau a gerddi pobl. Roedd plant yn cerdded ynddo hyd at eu penliniau, ac roedd rhai ohonyn nhw hyd yn oed yn ceisio nofio ynddo ac roedd pob un ohonyn nhw'n ei sugno i'w cegau gan lowcian yn farus a sgrechian mewn llawenydd.

Ond rhuthrodd yr eirinen wlanog yn ei blaen dros y wlad – ymlaen ac ymlaen ac ymlaen, gan adael dinistr a distryw ar ei hôl. Pob beudy, stabl, twlc, ysgubor, byngalo, tas wair, syrthiodd popeth a oedd yn ei ffordd i'r llawr yn glec. Cafodd gwialen bysgota hen ddyn ei chipio o'i ddwylo ac yntau'n eistedd yn dawel ar lan nant wrth iddi wibio heibio, ac roedd menyw o'r enw Daisy Entwistle yn sefyll mor agos wrth iddi fynd heibio fel y tynnwyd y croen oddi ar flaen ei thrwyn hir.

A fyddai hi byth yn stopio?

Pam dylai hi? Bydd gwrthrych crwn bob amser yn dal ati i rolio cyhyd ag y mae ar lethr i lawr rhiw, ac yn yr achos hwn roedd y tir yn mynd i lawr rhiw yr holl ffordd nes cyrraedd y môr – yr un môr roedd James wedi ymbil ar ei fodrybedd iddo gael ymweld ag ef y diwrnod blaenorol.

Wel, efallai ei fod yn mynd i ymweld ag ef nawr. Roedd yr eirinen wlanog yn rhuthro'n nes ac yn nes ato bob eiliad, a hefyd yn nes at y clogwyni gwyn uchel a oedd yn dod gyntaf.

Dyma'r clogwyni enwocaf yn Lloegr i gyd, ac maen nhw gannoedd o droedfeddi o uchder. Oddi tanyn nhw, mae'r môr yn ddwfn ac yn oer ac yn llwglyd. Mae llawer o longau wedi cael eu llyncu a'u colli am byth ar y rhan yma o'r arfordir, a'r holl ddynion a oedd ynddyn nhw hefyd. Dim ond canllath o'r clogwyn roedd yr eirinen wlanog nawr – hanner cant nawr – ugain nawr – deg nawr – pump nawr – a phan gyrhaeddodd ymyl y clogwyn dyma hi fel petai'n llamu'n uchel i'r awyr ac aros yno'n hongian am rai eiliadau, gan droi a throsi o hyd yn yr awyr.

Yna dechreuodd gwympo . . .

I lawr . . .

I lawr . . .

I lawr . . .

I lawr . . .

I lawr . . .

CLATSH! Dyma hi'n taro'r dŵr gydag anferth o sblash a suddo fel carreg.

Ond rai eiliadau'n ddiweddarach, dyma hi'n codi eto, a'r tro yma, dyma hi'n aros, gan arnofio'n dawel ar wyneb y dŵr.

Un deg saith

Ar yr eiliad hon, roedd yr olygfa y tu mewn i'r eirinen wlanog ei hun yn draed moch. Roedd James Henry Trotter yn gorwedd yn gleisiau i gyd ar lawr yr ystafell yng nghanol cwlwm cymhleth o Neidr Gantroed a Mwydyn a Chorryn a Buwch Goch Gota a Phryfyn Tân a Hen Sioncyn y Gwair Gwyrdd. Yn holl hanes y byd, chafodd teithwyr erioed daith fwy erchyll na'r creaduriaid anffodus hyn. Roedd hi wedi dechrau'n dda, gyda llawer o chwerthin a gweiddi, ac am yr ychydig eiliadau cyntaf, wrth i'r eirinen wlanog rolio'n araf yn ei blaen, doedd dim ots gan neb eu bod yn cael eu taflu o gwmpas ryw ychydig. A phan aeth hi *BWMP!* a'r Neidr Gantroed yn gweiddi, 'Anti Sponge oedd *honna*!' ac yna *BWMP!* eto, ac 'Anti Spiker oedd *honna*!' roedd pawb wedi gweiddi hwrê'n llawen.

Ond cyn gynted ag y rholiodd yr eirinen wlanog allan o'r ardd a dechrau mynd i lawr y rhiw serth, gan ruthro a phlymio a llamu'n wyllt i lawr rhiw, yna aeth y cyfan yn hunllef. Cafodd James ei hun yn cael ei

61

daflu i fyny yn erbyn y nenfwd, yna 'nôl i'r llawr, yna i'r ochr yn erbyn y wal, ac yna i fyny i'r nenfwd eto, ac i fyny ac i lawr ac yn ôl a blaen a rownd a rownd, ac ar yr un pryd roedd y creaduriaid eraill i gyd yn hedfan drwy'r awyr i bob cyfeiriad, ac felly hefyd y cadeiriau a'r soffa, heb sôn am y pedwar deg dwy o esgidiau a oedd yn perthyn i'r Neidr Gantroed. Roedd popeth a phob un ohonyn nhw'n cael eu siglo o gwmpas fel pys mewn ratl enfawr a oedd yn cael ei ratlo gan gawr gwallgof a hwnnw'n gwrthod stopio. I wneud pethau'n waeth, aeth rhywbeth o'i le ar system oleuo'r Pryfyn Tân, ac roedd yr ystafell yn dywyll fel bola buwch. Roedd sgrechian a bloeddio a rhegi a gweiddi mewn poen, ac roedd popeth yn dal i fynd rownd a rownd, ac unwaith crafangodd James yn wyllt am fariau tew a oedd yn sticio allan o'r wal, ond dyma fe'n darganfod mai rhai o goesau'r Neidr Gantroed oedden nhw. 'Gollwng fi, y twpsyn!' gwaeddodd y Neidr Gantroed, gan ei gicio'i hun yn rhydd, a dyma James yn cael ei daflu'n syth ar draws yr ystafell i gôl pigog yr Hen Sioncyn y Gwair Gwyrdd. Aeth yn sownd ddwywaith yng nghoesau Miss Corryn (llanast ofnadwy), ac yn agos at y diwedd, dyma'r Mwydyn druan, a oedd yn clecian fel chwip bob tro roedd e'n hedfan drwy'r awyr o un pen i'r ystafell i'r llall, yn clymu'n dorch mewn arswyd am gorff James a gwrthod ymddatod.

O, roedd hi'n daith wyllt ac ofnadwy!

Ond roedd popeth ar ben nawr, ac yn sydyn roedd yr ystafell yn llonydd a thawel iawn. Roedd pawb yn dechrau ymddatod oddi wrth bawb arall yn araf a phoenus.

'Beth am gael ychydig o olau!' gwaeddodd y Neidr Gantroed.

'Ie!' gwaeddon nhw. 'Golau! Rho ychydig o olau i ni!'

'Dwi'n *trio,*' atebodd y Pryfyn Tân druan. 'Dwi'n gwneud fy ngorau glas. Byddwch yn amyneddgar, plîs.'

Arhosodd pawb mewn tawelwch.

Yna dechreuodd golau pŵl gwyrddaidd ddisgleirio o gynffon y Pryfyn Tân, ac yn raddol dyma fe'n cryfhau a chryfhau nes ei fod yn ddigon cryf iddyn nhw weld pethau wrtho.

'*Taith a hanner!*' meddai'r Neidr Gantroed, gan hercian yn gloff ar draws yr ystafell.

'Fydda i *byth* yr un fath eto,' mwmianodd y Mwydyn.

'Na finnau chwaith,' meddai'r Fuwch Goch Gota. 'Mae wedi bwrw *blynyddoedd* oddi ar fy mywyd i.'

'Ond, ffrindiau annwyl!' gwaeddodd yr Hen Sioncyn y Gwair Gwyrdd, gan geisio bod yn llon. 'Rydyn ni *yno!*'

'Ble?' gofynnon nhw. 'Ble? Ble mae *yno?*'

'Dwn i ddim,' meddai'r Hen Sioncyn y Gwair Gwyrdd. 'Ond fe fentra i ei fod e'n rhywle da.'

'Rydyn ni ar waelod pwll glo, siŵr o fod,' meddai'r Mwydyn yn ddiflas. 'Yn sicr fe aethon ni i lawr ac i lawr ac i lawr yn sydyn iawn ar yr eiliad olaf. Fe deimlais i fe yn fy stumog i. Dwi'n dal yn ei deimlo fe.'

'Efallai ein bod ni yng nghanol gwlad hyfryd yn llawn caneuon a cherddoriaeth,' meddai'r Hen Sioncyn y Gwair Gwyrdd.

'Neu ar bwys glan y môr,' meddai James yn awyddus, 'gyda llwythi o blant eraill lawr ar y tywod i mi gael chwarae â nhw.'

'Esgusodwch fi,' murmurodd y Fuwch Goch Gota, gan welwi ychydig, 'ond ydw i'n camgymryd ein bod ni fel petaen ni'n siglo lan a lawr?'

'*Siglo* lan a lawr!' gwaeddodd pawb. 'Beth yn y byd wyt ti'n feddwl?'

'Ychydig o bendro sydd arnat ti o hyd ar ôl y

siwrne,' meddai'r Hen Sioncyn y Gwair Gwyrdd wrthi. 'Fe fyddi di'n iawn mewn munud. Ydy pawb yn barod i fynd lan llofft nawr i gael pip bach?'

'Ydyn, ydyn!' gwaeddodd pawb yn gôr. 'Dewch! Gadewch i ni fynd!'

'Dwi'n *gwrthod* dangos fy hunan yn droednoeth tu fas,' meddai'r Neidr Gantroed. 'Mae'n *rhaid* i mi wisgo fy esgidiau i gyd gyntaf.'

'Er mwyn popeth, gadewch i ni beidio â mynd drwy'r dwli 'na eto,' meddai'r Mwydyn.

'Beth am i ni *i gyd* roi help llaw i'r Neidr Gantroed a chwpla'r holl beth yn glou,' meddai'r Fuwch Goch Gota. 'Dewch.'

Felly dyna wnaethon nhw, pawb heblaw am Miss Corryn, a ddechreuodd wehyddu ysgol raff hir a fyddai'n ymestyn o'r llawr i fyny i dwll yn y nenfwd. Roedd yr Hen Sioncyn y Gwair Gwyrdd wedi dweud yn gall iawn na ddylen nhw fentro mynd allan o'r fynedfa ar yr ochr a nhwthau ddim yn gwybod ble roedden nhw, ond y dylen nhw'n gyntaf fynd i fyny i ben yr eirinen wlanog i gael pip.

Felly hanner awr yn ddiweddarach, pan oedd yr ysgol raff wedi'i chwblhau ac wedi'i hongian, a phan oedd yr ail esgid a deugain wedi cael ei chlymu'n daclus ar ail droed a deugain y Neidr Gantroed, roedden nhw i gyd yn barod i fynd allan. Gyda'r cyffro'n cynyddu a rhywun yn gweiddi 'Bant â ni, bois! Gwlad yr Addewid! Alla i ddim aros i'w gweld hi!' dringodd y criw i gyd yr ysgol fesul un a diflannu i dwnnel tywyll soeglyd yn y nenfwd a oedd yn mynd yn serth, bron yn fertigol, am i fyny.

Un deg wyth

Funud yn ddiweddarach, roedden nhw allan yn yr awyr agored, yn sefyll yn union ar ben yr eirinen wlanog, ar bwys y coesyn, ac yn cau eu llygaid yng ngolau cryf yr haul ac yn syllu'n nerfus o'u cwmpas.

'Beth ddigwyddodd?'

'Ble rydyn ni?'

'Ond mae hyn yn *amhosibl*!'

'Anhygoel!'

'Ofnadwy!'

'Fe *ddwedes* i wrthoch chi ein bod ni'n siglo lan a lawr,' meddai'r Fuwch Goch Gota.

'Rydyn ni yng nghanol y môr!' gwaeddodd James.

Ac yn wir dyna lle'r oedden nhw. Roedd cerrynt a gwynt cryf wedi cario'r eirinen wlanog mor gyflym o'r lan fel bod y tir o'r golwg yn barod. O'u cwmpas ym mhobman roedd y cefnfor mawr du, yn ddwfn a llwglyd. Roedd tonnau bychain yn bwrw yn erbyn ochrau'r eirinen wlanog.

'Ond sut digwyddodd hyn?' gwaeddon nhw. 'Ble mae'r caeau? Ble mae'r coedwigoedd? Ble mae Lloegr?' Doedd neb, ddim hyd yn oed James, yn gallu deall sut yn y byd y gallai rhywbeth fel hyn fod wedi digwydd.

'Foneddigion a Boneddigesau,' meddai'r Hen Sioncyn y Gwair Gwyrdd, gan wneud ei orau glas i gadw'r ofn a'r siom o'i lais, 'mae arna i ofn ein bod ni mewn sefyllfa braidd yn lletchwith.'

'Lletchwith!' gwaeddodd y Mwydyn. 'Sioncyn y Gwair annwyl, mae hi ar ben arnon ni! Mae pob un ohonon ni ar fin marw! Efallai 'mod i'n ddall, wyddoch chi, ond fe wela i hynny'n ddigon eglur.'

'Tynnwch fy esgidiau i!' gwaeddodd y Neidr Gantroed. 'Alla i ddim nofio os ydw i'n gwisgo fy esgidiau!'

'Alla i ddim nofio o gwbl!' gwaeddodd y Fuwch Goch Gota.

'Na finnau chwaith,' llefodd y Pryfyn Tân.

'Na finnau!' meddai Miss Corryn. 'Does dim un ohonon ni'r tair merch yn gallu nofio o gwbl.'

'Ond fydd dim *rhaid* ichi nofio,' meddai James yn dawel. 'Rydyn ni'n arnofio'n braf. Ac yn hwyr neu'n hwyrach mae llong yn siŵr o ddod heibio i'n codi ni.'

Syllodd pawb arno mewn syndod.

'Wyt ti'n hollol siŵr nad ydyn ni'n suddo?' gofynnodd y Fuwch Goch Gota.

'Wrth gwrs 'mod i'n siŵr,' atebodd James. 'Ewch i edrych drosoch chi eich hunain.'

Rhedodd pawb draw i ymyl yr eirinen wlanog a syllu i lawr ar y dŵr islaw.

'Mae'r bachgen yn llygad ei le,' meddai'r Hen Sioncyn y Gwair Gwyrdd. 'Rydyn ni'n arnofio'n braf. Nawr rhaid i ni i gyd eistedd a bod yn gwbl lonydd. Fe fydd popeth yn iawn yn y pen draw.'

'Dwli pur!' gwaeddodd y Mwydyn. 'Does dim byd byth yn iawn yn y pen draw, ac rwyt ti'n gwybod hynny'n iawn!'

'Mwydyn druan,' meddai'r Fuwch Goch Gota, gan sibrwd yng nghlust James. 'Mae e'n dwlu ar droi popeth yn drychineb. Mae'n casáu bod yn hapus. Dim ond pan fydd e'n ddiflas mae e'n hapus. Mae hynny'n rhyfedd on'd yw e? Ond wedyn, mae'n debyg fod *bod* yn

67

Fwydyn yn ddigon i wneud i berson deimlo'n ddiflas, dwyt ti ddim yn cytuno?'

'Os nad yw'r eirinen wlanog yma'n mynd i suddo,' meddai'r Mwydyn, 'ac os na chawn ni ein boddi, yna bydd pob un ohonon ni'n *llwgu* i farwolaeth yn lle hynny. Dych chi ddim yn sylweddoli nad ydyn ni wedi cael tamaid i'w fwyta ers bore ddoe?'

'Wel wir, mae e'n iawn!' gwaeddodd y Neidr Gantroed. 'Am unwaith, mae'r Mwydyn yn iawn!'

'Wrth gwrs 'mod i'n iawn,' meddai'r Mwydyn. 'A dydyn ni ddim yn debygol o ddod o hyd i unrhyw beth o gwmpas fan hyn chwaith. Fe fyddwn ni'n mynd yn deneuach ac yn deneuach ac yn fwy sychedig ac yn fwy sychedig, ac fe fyddwn ni'n marw o newyn yn araf ac yn erchyll. Dwi'n marw'n barod. Dwi'n dechrau crebachu'n araf bach o eisiau bwyd. Yn bersonol, fe fyddai'n well gen i foddi.'

'Ond arswyd y byd, rhaid dy fod ti'n *ddall*!' meddai James.

'Rwyt ti'n gwybod yn iawn 'mod i'n ddall,' meddai'r Mwydyn yn gwta. 'Does dim eisiau rhwbio halen i'r briw.'

'Do'n i ddim yn golygu hynny,' meddai James yn gyflym. 'Mae'n ddrwg gen i. Ond dwyt ti ddim yn *gweld* bod –'

'Gweld?' gwaeddodd y Mwydyn druan. 'Sut galla i weld os ydw i'n ddall?'

Tynnodd James anadl ddofn ac araf. 'Elli di ddim *sylweddoli,*' meddai'n amyneddgar, 'bod digon o fwyd gyda ni fan hyn i bara wythnosau ac wythnosau i ni?'

'Ble?' medden nhw. 'Ble?'

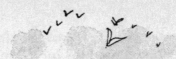

'Wel, yr eirinen wlanog wrth gwrs! Mae'r llong i gyd wedi ei gwneud o fwyd!'

'Brensiach y brain!' gwaeddon nhw. 'Feddylion ni ddim am hynny o gwbl!'

'James annwyl,' meddai'r Hen Sioncyn y Gwair Gwyrdd, gan osod un o'i goesau blaen yn gyfeillgar ar ysgwydd James, 'dwn i ddim beth fydden ni'n ei wneud hebddot ti. Rwyt ti mor glyfar. Foneddigion a boneddigesau – rydyn ni wedi cael ein hachub eto!'

'Ond dydyn ni ddim o gwbl!' meddai'r Mwydyn. 'Rhaid eich bod chi'n wallgof! Allwch chi ddim bwyta'r llong! Dyna'r unig beth sy'n ein cadw ni i fyny!'

'Fe lwgwn ni os na wnawn ni!' meddai'r Neidr Gantroed.

'Ac fe foddwn ni os gwnawn ni!' gwaeddodd y Mwydyn.

'O diar, o diar,' meddai'r Hen Sioncyn y Gwair Gwyrdd. 'Nawr mae hi'n waeth arnon ni nag o'r blaen!'

'Allen ni ddim bwyta tamaid bach ohoni hi'n unig?' gofynnodd Miss Corryn. 'Dw i'n hynod o lwglyd.'

'Fe gewch chi fwyta cymaint ag y mynnwch chi,' atebodd James. 'Fe gymerai hi wythnosau ac wyth-nosau i ni wneud unrhyw fath o argraff ar yr eirinen wlanog anferth yma. Allwch chi ddim gweld hynny, 'te?'

'Wel ar fy ngwir, mae e'n iawn eto!' gwaeddodd yr Hen Sioncyn y Gwair Gwyrdd, gan guro ei ddwylo. 'Fe gymerai hi wythnosau ac wythnosau! Wrth gwrs hynny! Ond gwell i ni beidio gwneud llawer o dyllau dros y dec i gyd. Dwi'n meddwl y dylen ni ei godi e mas o'r twnnel draw fan'na – yr un rydyn ni newydd ddod drwyddo lan fan hyn.'

'Syniad ardderchog,' meddai'r Fuwch Goch Gota.

'Pam rwyt ti'n edrych mor ofidus, Fwydyn?' gof-ynnodd y Neidr Gantroed. 'Beth yw'r broblem?'

'Y broblem yw . . .' meddai'r Mwydyn, 'y broblem yw . . . wel, y broblem yw nad oes problem!'

Dechreuodd pawb hollti eu boliau'n chwerthin. 'Cwyd dy galon, Fwydyn!' medden nhw. 'Dere i fwyta!' Ac aeth pawb draw i geg y twnnel a dechrau codi darnau mawr o gnawd suddlon, lliw euraid yr eirinen wlanog.

'O, gwych!' meddai'r Neidr Gantroed, gan ei stwffio i'w geg.

'*Blas*-us!' meddai'r Hen Sioncyn y Gwair Gwyrdd.

'Penigamp!' meddai'r Pryfyn Tân.

'O, wir!' meddai'r Fuwch Goch Gota'n sydêt. 'Am flas nefolaidd!' Edrychodd i fyny ar James, a gwenu, a gwenodd James 'nôl arni. Eisteddon nhw ar y dec gyda'i gilydd, a'r ddau'n cnoi'n hapus. 'Ti'n gwybod, James,' meddai'r Fuwch Goch Gota, 'tan yr eiliad hon, dwi erioed wedi profi unrhyw beth ond y pryfed gwyrdd pitw bach yna sy'n byw ar lwyni rhosod. Maen nhw'n blasu'n gwbl hyfryd. Ond mae'r eirinen hon hyd yn oed yn well.'

'On'd yw hi'n flasus!' meddai Miss Corryn, gan ddod draw atyn nhw. 'Yn bersonol, ro'n i bob amser wedi meddwl mai cleren las fawr, suddlon wedi ei dal yn y we oedd y cinio gorau yn y byd – tan i mi flasu *hyn*.'

'*Am* flas!' gwaeddodd y Neidr Gantroed. 'Mae'n anhygoel! Does dim byd tebyg iddo! Fuodd dim tebyg erioed! Ac fe ddylwn i wybod achos dwi'n bersonol wedi profi'r bwyd gorau yn y byd!' Ar hynny, dyma'r Neidr Gantroed, gyda'i geg yn llawn eirinen wlanog a sudd yn llifo dros ei ên i gyd, yn dechrau canu:

'Dwi wedi bwyta pethau od a blasus, ydw wir,
Fel llygaid gwybed, llygod mawr a chwain â choesau hir,
A llau mewn reis, sydd wir yn neis
A grawn mewn grefi clir.
Does dim byd gwell na'r rhain i gyd, dwi'n siŵr, ar fôr
*   na thir.*

71

'Dwi wedi bwyta byrgers mwd ac wyau deinosôr,
Cynffonnau milgwn, dannedd cath a malwod yn un côr,
Corynnod blewog mewn saws caws,
Ac octopws o'r môr,
Ac wir, roedd gen i unwaith lwyth o chwilod du yn stôr.

'Does dim byd gwell na bara glas i'w fwyta gydag ŵy,
A phwdin llwyd neu iogwrt coch, ond bwytwch nhw heb lwy,
A ffrwythau glas mewn siapiau cas
A brechdan binc neu ddwy.
Fe fyddwch chi yn gweiddi mas am fwy a mwy a mwy.

'Ffein iawn yw coesau cacwn ffres ar ddarn reit fawr
    o dost,
A phigau miniog draenog main neu adain draig yn rhost,
A llwyaid fach, dim mwy, o grach,
Fe allech fynd yn dost.
'R ôl bwyta llwyth fe aeth un gwrach yn fyddar iawn
    fel post.

'Dwi'n dwlu'n lân ers amser maith ar garnau gafr i de,
A chacen lindys felys iawn a phryfed ffres o'r we,
A hen gŵn poeth a chwilod noeth
Sydd wedi dod o'r dre.
Pan fyddaf i'n eu bwyta, rhaid im weiddi'n groch, "Hwrê!"

'I de pen-blwydd fis diwetha fe gewch wybod beth ges i:
Hen nŵdls o draed pŵdls tew a briwgig cath o fri,
A jeli oedd fel eli,
Un porffor, wir i chi.
Roedd e wir yn eithaf blasus ond yn ddrewllyd, Ych-a-fi!'

72

Ac meddai'r Neidr Gantroed, 'Dyma'r neges bwysig nawr:
Mae'r bwydydd hyn i gyd yn wych o ran eu blas a'u sawr;
Ond does dim dau yr awn yn glau
Heb un o'r rhain bob awr,
I gael llond ceg,
Un darn bach teg
O'r EIRINEN WLANOG ENFAWR!'

Roedd pawb yn teimlo'n hapus nawr. Roedd yr haul yn tywynnu'n ddisglair o awyr las golau ac roedd hi'n ddiwrnod llonydd. Roedd yr eirinen wlanog enfawr, gyda golau'r haul yn pefrio ar ei hochr, fel pelen aur anferth yn hwylio ar fôr arian.

Un deg naw

'Edrychwch!' gwaeddodd y Neidr Gantroed wrth iddyn nhw orffen eu pryd bwyd. 'Edrychwch ar y peth tenau du rhyfedd yna'n symud drwy'r dŵr draw fan'na!'

Trodd pawb i edrych.

'Mae dau ohonyn nhw,' meddai Miss Corryn.

'Mae *llawer* ohonyn nhw!' meddai'r Fuwch Goch Gota.

'Beth ydyn nhw?' gofynnodd y Mwydyn, gan ddechrau poeni.

'Rhaid mai rhyw fath o bysgod ydyn nhw,' meddai'r Hen Sioncyn y Gwair Gwyrdd. 'Efallai iddyn nhw alw draw i ddweud helô.'

'Siarcod ydyn nhw!' gwaeddodd y Mwydyn. 'Fe fentra i unrhyw beth mai siarcod ydyn nhw a'u bod nhw wedi dod i'n llowcio ni!'

'Paid â siarad dwli!' meddai'r Neidr Gantroed, ond yn sydyn roedd ei lais fel petai wedi mynd yn grynedig, a doedd e ddim yn chwerthin.

'Dwi'n *siŵr* mai siarcod ydyn nhw!' meddai'r Mwydyn. 'Dwi'n *gwybod* mai siarcod ydyn nhw!'

Ac mewn gwirionedd roedd pawb arall yn gwybod hynny hefyd, ond eu bod nhw'n rhy ofnus i gyfaddef hynny.

Buodd tawelwch byr. Craffodd pawb i lawr yn ofidus ar y siarcod a oedd yn hwylio'n araf o gwmpas yr eirinen wlanog.

'A bwrw mai siarcod *ydyn* nhw,' meddai'r Neidr Gantroed, 'fydd dim perygl o fath yn y byd os arhoswn ni lan fan hyn.'

Ond wrth iddo siarad hyd yn oed, dyma un o'r esgyll tenau du hynny'n newid cyfeiriad yn sydyn a thorri drwy'r dŵr yn gyflym yn union at ochr yr eirinen wlanog ei hun. Oedodd y siarc a syllu i fyny ar y criw â llygaid bach dieflig.

'Cer o 'ma!' gwaeddon nhw. 'Cer o 'ma'r hen fwystfil ffiaidd!'

Yn araf, yn ddioglyd bron, dyma'r siarc yn agor ei geg (a oedd yn ddigon mawr i lyncu pram) ac yn ymosod ar yr eirinen wlanog.

Gwyliodd pawb, wedi'u harswydo.

A nawr, fel petaen nhw wedi cael arwydd gan yr arweinydd, dyma'r siarcod eraill i gyd yn nofio tuag at yr eirinen wlanog, ac yn mynd yn glwstwr o'i chwmpas

ac yn dechrau ymosod arni'n wyllt. Rhaid bod o leiaf ddau ddeg neu dri deg ohonyn nhw, pob un yn gwthio ac yn ymladd ac yn taro eu cynffonnau ac yn curo'r dŵr nes ei fod yn ewynnu.

Ar unwaith roedd braw ac anhrefn llwyr ar ben yr eirinen wlanog.

'O, mae hi ar ben arnon ni nawr!' gwaeddodd Miss Corryn, gan blethu bysedd ei thraed. 'Fe fwytan nhw'r eirinen wlanog i gyd ac wedyn fydd dim byd ar ôl inni sefyll arno ac yna fe ddechreuan nhw ein bwyta ni!'

'Mae hi'n iawn!' gwaeddodd y Fuwch Goch Gota. 'Mae hi ar ben arnon ni!'

'O, dwi ddim eisiau cael fy mwyta!' llefodd y Mwydyn. 'Ond fe gymeran nhw fi i ddechrau achos dwi mor dew a suddlon a does dim esgyrn gyda fi!'

'Oes 'na *ddim byd* y gallwn ni ei wneud?' gofynnodd y Fuwch Goch Gota, gan ymbil ar James. 'Does bosib na elli *di* feddwl am ffordd mas o'r trafferth 'ma.'

Yn sydyn roedden nhw i gyd yn edrych ar James.

'Meddylia!' ymbiliodd Miss Corryn. '*Meddylia*, James, *meddylia!*'

'Dere,' meddai'r Neidr Gantroed. 'Dere 'mlân, James. Mae'n *rhaid* bod *rhywbeth* y gallwn ni ei wneud.'

Roedd eu llygaid i gyd yn disgwyl amdano, yn llawn tensiwn, yn ofidus ac yn druenus o obeithiol.

Dau ddeg

'*Mae rhywbeth* dwi'n credu y gallen ni roi cynnig arno,' meddai James Henry Trotter yn araf. 'Dwi ddim yn dweud y bydd e'n gweithio. . .'

'Dwed wrthon ni!' gwaeddodd y Mwydyn. 'Dwed wrthon ni'n glou!'

'Fe rown ni gynnig ar unrhyw beth rwyt ti'n ddweud!' meddai'r Neidr Gantroed. 'Ond brysia, brysia, brysia!'

'Byddwch ddistaw a gadewch i'r bachgen siarad!' meddai'r Fuwch Goch Gota. 'Dwed ti, James.'

Symudodd pawb fymryn yn nes ato fe. Bu saib eithaf hir.

'O, *dwed*!' gwaeddodd pawb yn wyllt. '*O, dwed!*'

A gydol yr amser roedden nhw'n aros gallent glywed y siarcod yn tasgu yn y dŵr oddi tanyn nhw. Roedd yn ddigon i wneud i unrhyw un fynd yn wyllt.

'Dwed ti, James,' meddai'r Fuwch Goch Gota, gan ei gymell yn garedig.

'Mae . . . mae . . . mae arna i ofn nad yw e ddim gwerth wedi'r cyfan,' mwmianodd James, gan siglo ei ben. 'Mae'n wir ddrwg gyda fi. Anghofiais i. Does dim llinyn gyda ni. Fe fyddai eisiau cannoedd o lathenni o linyn i wneud i hyn weithio.'

'Pa fath o linyn?' gofynnodd yr Hen Sioncyn y Gwair Gwyrdd yn gwta.

'Unrhyw fath, dim ond iddo fe fod yn gryf.'

'Ond fachgen annwyl, dyna'n union beth sydd gyda ni! Mae cymaint ag y mynni di gyda ni!'

'Sut? Ble?'

'Y Pryf Sidan!' gwaeddodd yr Hen Sioncyn y Gwair Gwyrdd. 'Sylwaist ti ddim ar y Pryf Sidan? Mae hi lawr llawr o hyd! Dyw hi byth yn symud! Dyw hi'n gwneud dim ond gorwedd a chysgu drwy'r dydd gwyn, ond fe allen ni ei dihuno hi'n hawdd a gwneud iddi nyddu!'

'A beth amdana i, os caf i ofyn?' meddai Miss Corryn. 'Dwi'n gallu nyddu cystal ag unrhyw Bryf Sidan. Ac yn fwy na hynny, *dwi*'n gallu nyddu patrymau.'

'Allwch chi wneud digon rhyngddoch chi?' gofynnodd James.

'Cymaint ag y mynni di.'

'Ac yn glou?'

'Wrth gwrs! Wrth gwrs!'

'A fyddai e'n llinyn cryf?'

'Y cryfaf sydd i'w gael! Mae e mor dew â dy fys di! Ond pam? Beth wyt ti'n mynd i'w wneud?'

'Dwi'n mynd i godi'r eirinen wlanog yma'n glir allan o'r dŵr!' cyhoeddodd James yn bendant.

'Dwyt ti ddim yn gall!' gwaeddodd y Mwydyn.

'Dyna ein hunig gyfle ni.'

'Mae'r bachgen wedi colli arno'i hunan.'

'Mae e'n tynnu ein coes ni.'

'Dwed ti, James,' meddai'r Fuwch Goch Gota'n dyner. 'Sut llwyddi di i wneud hynny?'

78

'Bachau yn yr awyr, mae'n debyg,' gwawdiodd y Neidr Gantroed.

'Gwylanod,' atebodd James yn ddigyffro. 'Mae'r lle'n ferw ohonyn nhw. Edrychwch lan fan'na!'

Edrychodd pawb i fyny a gweld haid enfawr o wylanod yn troelli yn yr awyr.

'Dwi'n mynd i gymryd llinyn sidan hir,' aeth James yn ei flaen, 'a bachu dolen ohono am wddf gwylan. Yna dwi'n mynd i glymu'r pen arall wrth goesyn yr eirinen wlanog.' Pwyntiodd at goesyn yr eirinen wlanog, a oedd yn sefyll fel mast tew yng nghanol y dec.

'Yna dwi'n mynd i fachu gwylan arall a gwneud yr un peth eto, yna un arall ac un arall –'

'Chwerthinllyd!' gwaeddon nhw.

'Hurt bost!'

'Lol botes maip!'

'Sothach!'

'Dwli llwyr!'

Ac meddai'r Hen Sioncyn y Gwair Gwyrdd, 'Sut gall cwpwl o wylanod godi rhywbeth enfawr fel yma lan i'r awyr, a phob un ohonon ni hefyd? Fe fyddai'n cymryd cannoedd . . . miloedd . . .'

'Does dim prinder gwylanod,' atebodd James. 'Edrychwch drosoch chi eich hunain. Fe fydd angen pedwar cant, pum cant, chwe chant siŵr o fod . . . falle mil hyd yn oed . . . dwi ddim yn gwybod . . . fe fydda i'n bwrw ati i'w bachu nhw wrth y coesyn hyd nes y bydd digon gyda ni i'n codi ni. Maen nhw'n siŵr o'n codi ni yn y pen draw. Mae e'r un fath â balwnau. Os rhowch chi ddigon o falwnau i rywun gydio ynddyn nhw, *hen ddigon* dwi'n meddwl, yna lan â fe. Ac mae gwylan yn gallu codi mwy na balŵn. Os oes digon o *amser* gyda ni i'w wneud e, dyna i gyd. Os na chawn ni ein suddo gyntaf gan yr hen siarcod cas yna . . .'

'Dwyt ti ddim yn gall!' meddai'r Mwydyn.

'Sut yn y byd rwyt ti'n golygu cael dolen o linyn am wddf gwylan? Rwyt ti'n mynd i hedfan lan 'na dy hunan a'i dal hi, wyt ti?'

'Mae'r bachgen yn gwbl wallgof!' meddai'r Neidr Gantroed.

'Gadewch iddo fe orffen,' meddai'r Fuwch Goch Gota. 'Dere, James. Sut *byddet* ti'n ei wneud e?'

'Drwy ddefnyddio abwyd.'

'Abwyd! Pa fath o abwyd?'

'Mwydyn, wrth gwrs. Mae gwylanod yn dwlu ar fwydod, wyddet ti ddim o hynny? Ac yn ffodus, mae'r Mwydyn mwyaf, tewaf, mwyaf pinc a llawn sudd yn y byd gyda ni fan hyn.'

'Fe alli di roi'r gorau iddi fan'na!' meddai'r Mwydyn yn gwta. 'Dyna hen ddigon!'

'Cer yn dy flaen,' meddai'r lleill, gan ddechrau cymryd diddordeb. 'Cer yn dy flaen!'

'Mae'r gwylanod wedi'i weld e'n barod,' aeth James yn ei flaen. 'Dyna pam mae cymaint ohonyn nhw'n troelli uwch ein pennau ni. Ond fentran nhw ddim dod lawr i'w nôl e tra ein bod ni i gyd yn sefyll fan yma. Felly dyma beth – '

'Stopia!' gwaeddodd y Mwydyn. 'Stopia, stopia, stopia! Dwi ddim yn fodlon! Dwi'n gwrthod! Dwi – Dwi – Dwi – Dwi –'

'Bydd ddistaw!' meddai'r Neidr Gantroed. 'Meindia dy fusnes!'

'Diolch yn *fawr*!'

'Fwydyn annwyl, rwyt ti'n mynd i gael dy fwyta beth bynnag, felly pa wahaniaeth os mai siarcod neu wylanod fydd yn gwneud hynny?'

'Wna i ddim ohono fe!'

'Pam na chlywn ni beth yw'r cynllun gyntaf?' meddai'r Hen Sioncyn y Gwair Gwyrdd.

'Does dim taten o ots gyda fi beth yw'r cynllun!' gwaeddodd y Mwydyn. 'Dwi ddim yn mynd i gael fy mhigo i farwolaeth gan haid o wylanod!'

'Fe fyddi di'n ferthyr,' meddai'r Neidr Gantroed. 'Fe fydda i'n dy barchu di weddill fy mywyd i.'

'A finnau hefyd,' meddai Miss Corryn. 'A bydd dy enw di yn y papurau i gyd. Mwydyn yn rhoi ei fywyd i achub ei ffrindiau . . .'

'Ond fydd dim *rhaid* iddo fe roi ei fywyd,' meddai James wrthyn nhw. 'Nawr gwrandewch arna i. Dyma'r hyn wnawn ni . . .'

Dau ddeg un

'Wel, mae'n gwbl wych!' gwaeddodd yr Hen Sioncyn y Gwair Gwyrdd pan oedd James wedi egluro'i gynllun.

'Mae'r bachgen yn athrylith!' cyhoeddodd y Neidr Gantroed. 'Nawr fe alla i gadw fy esgidiau am fy nhraed wedi'r cyfan.'

'O, fe gaf i fy mhigo i farwolaeth!' llefodd y Mwydyn druan.

'Wrth gwrs na chei di.'

'Caf, dwi'n gwybod y caf i! A fydda i ddim hyd yn oed yn gallu eu gweld nhw'n dod tuag ata i achos does dim llygaid gyda fi!'

Aeth James draw a rhoi ei fraich yn dyner am ysgwyddau'r Mwydyn. 'Wna i ddim gadael iddyn nhw *gyffwrdd* â ti,' meddai. 'Dwi'n addo na wnaf i. Ond mae'n *rhaid* i ni hastu! Edrychwch lawr fan'na!'

Roedd mwy fyth o siarcod o gwmpas yr eirinen wlanog nawr. Roedd y dŵr yn ferw gwyllt gan siarcod. Rhaid bod naw deg neu gant o leiaf. Ac i'r teithwyr i fyny ar ben yr eirinen, roedd hi'n sicr yn ymddangos fel petai hi'n suddo'n is ac yn is i'r dŵr.

'Dewch bawb!' gwaeddodd James. 'Siapwch hi! Does dim eiliad i'w cholli!' Fe oedd y capten nawr, ac roedd pawb yn gwybod hynny. Bydden nhw'n gwneud beth bynnag y byddai fe'n ei ddweud wrthyn nhw.

'Pawb i mewn i'r eirinen ar wahân i'r Mwydyn!' gorchmynnodd.

'O'r gorau, o'r gorau!' medden nhw'n eiddgar wrth ruthro i geg y twnnel. 'Dewch! Gadewch i ni hastu!'

'A ti – Neidr Gantroed!' gwaeddodd James. 'Neidia i lawr llawr a dwed wrth y Pryf Sidan am ddechrau gweithio ar unwaith! Dwed wrthi am nyddu fel na wnaeth hi erioed o'r blaen! Mae ein bywydau ni'n dibynnu arni hi! Ac mae'r un peth yn wir amdanat ti, Miss Corryn! Brysia i lawr! Dechreua nyddu.'

Dau ddeg dau

Mewn ychydig funudau roedd popeth yn barod.

Roedd hi'n dawel iawn nawr ar ben yr eirinen wlanog. Doedd neb i'w weld – neb ond y Mwydyn.

Roedd un hanner y Mwydyn, a oedd yn edrych fel sosej fawr, drwchus, suddlon, binc, yn gorwedd yn ddiniwed yn yr haul i'r gwylanod i gyd ei gweld.

Roedd yr hanner arall yn hongian i lawr y twnnel.

Roedd James yn ei gwrcwd ar bwys y Mwydyn ym mynedfa'r twnnel, ychydig o dan yr wyneb, yn disgwyl am yr wylan gyntaf. Roedd dolen o linyn sidan yn ei ddwylo.

Roedd yr Hen Sioncyn y Gwair Gwyrdd a'r Fuwch Goch Gota ymhellach i lawr y twnnel, yn cydio wrth gynffon y Mwydyn, yn barod i'w dynnu i mewn yn gyflym o berygl cyn gynted ag y byddai James yn dweud y gair.

Ac ymhell oddi tanyn nhw, yng ngharreg fawr yr eirinen wlanog, roedd y Pryfyn Tân yn goleuo'r ystafell fel y gallai'r ddwy a oedd yn nyddu, y Pryf Sidan a Miss Corryn, weld beth roedden nhw'n wneud. Roedd y Neidr Gantroed i lawr yno hefyd, yn cymell y ddwy'n wyllt i wneud mwy o ymdrech, a phob hyn a hyn gallai James glywed ei lais yn codi'n wan o'r dyfnderoedd, dan weiddi, 'Nydda, Bryf Sidan, nydda, y pryfyn mawr tew a dioglyd! Yn gynt, yn gynt, neu fe daflwn ni ti i'r siarcod!'

'Dyma'r wylan gyntaf yn dod!' sibrydodd James. 'Aros yn llonydd nawr, Fwydyn. Aros yn llonydd. Y gweddill ohonoch chi, byddwch yn barod i dynnu.'

'Plîs paid â gadael iddi fy ngwanu i,' ymbiliodd y Mwydyn.

'Wna i ddim, wna i ddim. Hisht . . .'

O gornel un llygad, gwyliodd James yr wylan wrth iddi ddisgyn yn gyflym tuag at y Mwydyn. Ac yna'n sydyn roedd hi mor agos fel y gallai weld ei llygaid bach du a'i phig grom, a dyma'r big yn agor, yn barod i ddal darn bach neis o gnawd o gefn y Mwydyn.

'Tynnwch!' gwaeddodd James.

Dyma'r Hen Sioncyn y Gwair Gwyrdd a'r Fuwch Goch Gota'n tynnu cynffon y Mwydyn gymaint fyth, ac mewn chwinciad diflannodd y Mwydyn i'r twnnel. Ar yr un pryd, i fyny'r aeth llaw James a hedfanodd yr wylan yn syth i'r ddolen o sidan roedd e'n cydio ynddi. Dyma'r ddolen, a oedd wedi cael ei gwneud mewn ffordd glyfar, yn tynhau digon (ond ddim gormod) am ei gwddf, ac roedd yr wylan wedi'i dal.

'Hwrê!' gwaeddodd yr Hen Sioncyn y Gwair Gwyrdd, gan syllu o'r twnnel. 'Da iawn ti, James!'

Hedfanodd yr wylan i fyny, gyda James yn dirwyn y llinyn sidan wrth iddi fynd. Rhoddodd tua phum deg llath iddi, ac yna clymodd y llinyn i goesyn yr eirinen wlanog.

'Nesaf!' gwaeddodd, gan neidio'n ôl i'r twnnel. 'Lan â ti eto, Fwydyn! Dere lan â mwy o sidan, Neidr Gantroed!'

'O, dwi ddim yn hoffi hyn o gwbl,' llefodd y Mwydyn. 'Cael a chael oedd hi na ddaliodd hi fi! Fe deimlais i'r gwynt yn mynd dros fy nghefn i hyd yn oed wrth iddi hedfan heibio!'

'Hisht!' sibrydodd James. 'Aros yn llonydd! Dyma un arall yn dod!'

Felly dyma nhw'n gwneud yr un peth eto.

Ac eto, ac eto, ac eto.

Ac roedd y gwylanod yn dal i ddod, a llwyddodd James i'w dal un ar ôl y llall a'u clymu wrth goesyn yr eirinen wlanog.

'Cant o wylanod!' gwaeddodd, gan sychu'r chwys o'i dalcen.

'Dal ati!' gwaeddon nhw. 'Dal ati, James!'

'Dau gant o wylanod!'

'Tri chant o wylanod!'

'Pedwar cant o wylanod!'

Roedd y siarcod, fel petaen nhw'n synhwyro eu bod mewn perygl o golli eu hysglyfaeth, yn taflu eu hunain yn wylltach nag erioed at yr eirinen wlanog nawr, ac roedd yr eirinen wlanog yn suddo'n is ac yn is eto yn y dŵr.

'Pum cant o wylanod!' gwaeddodd James.

'Mae'r Pryf Sidan yn dweud bod y sidan bron ar ben!' gwaeddodd y Neidr Gantroed o lawr llawr. 'Mae hi'n dweud na all hi ddal i fynd am amser hir eto. Na Miss Corryn chwaith!'

'Dwed wrthyn nhw fod *rhaid* iddyn nhw!' atebodd James. 'Allan nhw ddim stopio nawr!'

'Rydyn ni'n codi!' gwaeddodd rhywun.

'Nac ydyn, dydyn ni ddim!'

'Fe deimlais i fe!'

'Rho wylan arall yn sownd, glou!'

'Byddwch ddistaw, bawb! Byddwch ddistaw! Dyma un yn dod nawr!'

Hon oedd gwylan rhif pum cant ac un, a'r eiliad y daliodd James hi a'i chlymu wrth y coesyn gyda'r lleill i gyd, dyma'r eirinen wlanog enfawr gyfan yn dechrau codi'n araf o'r dŵr.

'Gwyliwch! Dyma ni'n mynd! Daliwch eich gafael, bawb!'

Ac yna dyma hi'n stopio.

A dyna lle buodd hi'n hongian.

Roedd hi'n hofran ac yn siglo, ond aeth hi ddim yn uwch.

Braidd gyffwrdd â'r dŵr roedd ei gwaelod hi. Roedd hi fel tafol wedi'i chydbwyso'n berffaith fel mai dim ond un gwthiad bach y byddai ei angen i'w throi hi i un ochr neu'r llall.

'Fe fydd un arall yn gwneud y tro!' gwaeddodd yr Hen Sioncyn y Gwair Gwyrdd, gan edrych allan o'r twnnel. 'Rydyn ni bron â'i gwneud hi!'

A nawr dyma'r eiliad fawr yn dod. Yn gyflym, cafodd gwylan rhif pum cant a dau ei dal a'i chlymu wrth goesyn yr eirinen wlanog.

Ac yna'n sydyn . . .

Ond yn ofalus . . .

Yn urddasol . . .

Fel rhyw falŵn euraid gwych . . .

Gyda'r gwylanod i gyd yn tynnu wrth y llinynnau fry uwchben . . .

Dyma'r eirinen wlanog enfawr yn codi o'r dŵr dan ddiferu, a dechrau dringo fry i'r awyr.

Dau ddeg tri

Mewn chwinciad, roedd pawb ar ei phen hi.

'O, on'd yw e'n hyfryd!' gwaeddon nhw.

'Am deimlad gwych!'

'Hwyl fawr, siarcod!'

'O, dyma'r ffordd i deithio!'

Dyma Miss Corryn, a oedd yn llythrennol yn gwich-
ian gan gyffro, yn cydio am ganol y Neidr Gantroed a
dechreuodd y ddau ohonyn nhw ddawnsio o gwmpas
coesyn yr eirinen wlanog gyda'i gilydd. Safodd y Mwydyn
ar ei gynffon a gwingo'n hapus ar ei ben ei hunan
bach. Roedd yr Hen Sioncyn y Gwair Gwyrdd yn neid-
io'n uwch ac yn uwch yn yr awyr. Rhuthrodd y Fuwch
Goch Gota draw ac ysgwyd llaw James yn wresog.
Roedd y Pryfyn Tân a oedd yn greadur swil a thawel
iawn ar y gorau, yn eistedd gan ddisgleirio'n fodlon
braf wrth geg y twnnel. Dyma'r Pryf Sidan hyd yn oed,
yn edrych yn welw a thenau ac wedi ymlâdd, yn crop-
ian allan o'r twnnel i wylio'r eirinen wlanog yn codi'n
wyrthiol.

Lan a lan â nhw, a chyn hir roedden nhw mor
uchel â thŵr eglwys uwchben y môr.

'Dwi'n poeni braidd am yr eirinen wlanog,' meddai
James wrth y lleill cyn gynted ag yr oedd yr holl
ddawnsio a'r gweiddi wedi dod i ben. 'Tybed faint o
ddifrod mae'r siarcod yna wedi'i wneud oddi tani.
Mae'n amhosib dweud o fan hyn.'

'Pam nad af i dros yr ochr i'w harchwilio hi?' meddai
Miss Corryn. 'Fydd hynny ddim yn drafferth o gwbl,

fe allaf eich sicrhau chi.' A heb aros am ateb, dyma hi'n cynhyrchu hyd o edau sidan a chlymu ei phen i goesyn yr eirinen wlanog. 'Fe ddof i 'nôl chwap,' meddai, ac yna cerddodd yn bwyllog draw at ymyl yr eirinen wlanog a neidio i ffwrdd, gan ddirwyn yr edau y tu ôl iddi wrth gwympo.

Tyrrodd y lleill yn ofidus o gwmpas y man lle roedd hi wedi mynd drosodd.

'Oni fyddai hi'n ofnadwy petai'r edau'n torri,' meddai'r Fuwch Goch Gota.

Buodd tawelwch eithaf hir.

'Ydych chi'n iawn, Miss Corryn?' gwaeddodd yr Hen Sioncyn y Gwair Gwyrdd.

'Ydw, diolch!' atebodd ei llais oddi isod. 'Dwi'n dod lan nawr!' A lan â hi, yn dringo droed dros droed i fyny'r edau sidan, a chan wthio'r edau'n gywrain i mewn i'w chorff ar yr un pryd wrth ddringo drosti.

'Ydy pethau'n *ofnadwy*?' gofynnon nhw iddi. 'Ydy'r eirinen wlanog wedi cael ei bwyta i gyd? Oes tyllau mawr ym mhobman?'

Dringodd Miss Corryn yn ôl ar y dec a golwg fodlon ond ychydig yn ddryslyd ar ei hwyneb. 'Wnewch chi ddim credu hyn,' meddai, 'ond a dweud y gwir prin bod unrhyw ddifrod o gwbl lawr 'na! Mae'r eirinen wlanog bron heb ei chyffwrdd! Dim ond darnau pitw bach sydd allan ohoni fan hyn a fan draw, ond dim byd arall.'

'Rhaid eich bod chi wedi camgymryd,' meddai James wrthi.

'Wrth gwrs ei bod hi wedi camgymryd!' meddai'r Neidr Gantroed.

'Dwi'n addo i chi nad ydw i wedi gwneud,' atebodd Miss Corryn.

'Ond roedd cannoedd o siarcod o'n cwmpas ni!'

'Roedden nhw'n corddi'r dŵr nes ei fod e'n ewynnu i gyd!'

'Fe welson ni eu cegau mawr nhw'n agor ac yn cau!'

'Does dim gwahaniaeth gyda fi beth welsoch chi,' atebodd Miss Corryn. 'Wnaethon nhw ddim llawer o ddifrod i'r eirinen yn sicr.'

'Yna pam dechreuon ni suddo?' gofynnodd y Neidr Gantroed.

'Efallai *na* ddechreuon ni suddo,' awgrymodd yr Hen Sioncyn y Gwair Gwyrdd. 'Efallai ein bod ni i gyd mor ofnus fel mai dychmygu'r peth wnaethon ni.'

Roedd hyn, mewn gwirionedd, yn nes at y gwir nag yr oedd unrhyw un ohonyn nhw'n ei wybod. Mae gan siarc, rwyt ti'n gweld, drwyn ofnadwy o hir a miniog, ac mae ei geg wedi ei osod yn lletchwith iawn o dan ei wyneb ac yn bell iawn yn ôl. Mae hyn yn ei gwneud hi fwy neu lai'n amhosibl iddo gnoi arwyneb mawr llyfn crwm fel ochr eirinen wlanog. Hyd yn oed os yw'r creadur yn troi ar ei gefn all e mo'i wneud e, achos mae'r trwyn wastad yn mynd yn y ffordd. Os wyt ti erioed wedi gweld ci bach yn ceisio cnoi pêl enfawr, yna byddi di'n gallu dychmygu'n fras sut roedd hi gyda'r siarcod a'r eirinen wlanog.

'Rhaid mai rhyw fath o hud a lledrith oedd e,' meddai'r Fuwch Goch Gota. 'Rhaid bod y tyllau wedi gwella ohonyn nhw eu hunain.'

'O, edrychwch! Mae llong oddi tanon ni!' gwaeddodd James.

Rhuthrodd pawb i'r ochr a syllu. Doedd dim un ohonyn nhw wedi gweld llong erioed o'r blaen.

'Mae hi'n edrych fel un fawr.'

'Mae tri chorn ganddi.'

'Mae'n bosib gweld y bobl ar y deciau hyd yn oed!'

'Beth am godi llaw arnyn nhw. Ydych chi'n meddwl y gallan nhw ein gweld *ni*?'

Doedd James na dim un o'r lleill yn gwybod hynny, ond y *Queen Mary* oedd y llong oedd yn pasio oddi tanyn nhw nawr, yn hwylio allan o'r Sianel ar ei ffordd i America. Ac ar bont capten y *Queen Mary*, roedd y Capten syfrdan yn sefyll gyda chriw o'i swyddogion, a phob un ohonyn nhw'n syllu'n gegrwth ar y belen fawr gron yn hofran uwch eu pennau.

'Dwi ddim yn hoffi hyn,' meddai'r Capten.

'Na finnau chwaith,' meddai'r Swyddog Cyntaf.

'Dych chi'n meddwl eu bod nhw'n ein dilyn ni?' meddai'r Ail Swyddog.

'Dwi'n dweud wrthoch chi nad ydw i'n hoffi hyn,' mwmianodd y Capten.

'Fe allai fod yn beryglus,' meddai'r Swyddog Cyntaf.

'Yn union!' gwaeddodd y Capten. 'Arf dirgel yw e! Arswyd y byd! Anfonwch neges at y Frenhines ar unwaith! Rhaid rhybuddio'r wlad! A rhowch fy nhelesgop i fi.'

Rhoddodd y Swyddog Cyntaf y telesgop i'r Capten. Dyma'r Capten yn ei godi at ei lygaid.

'Mae adar ym mhobman!' gwaeddodd. 'Mae'r awyr i gyd yn ferw o adar! Beth yn y byd maen *nhw*'n ei wneud? Ac arhoswch! Arhoswch eiliad! Mae *pobl* arni hi! Fe wela i nhw'n symud! Mae – mae – ydy'r telesgop 'ma wedi'i ffocysu'n iawn? Mae'n edrych fel bachgen bach mewn trowsus byr! Ydw, fe wela i fachgen bach mewn trowsus byr yn sefyll lan 'na'n glir! Ac mae – mae – mae rhyw fath o *fuwch goch gota enfawr*!'

'Nawr arhoswch funud, Capten!' meddai'r Swyddog Cyntaf.

'A *sioncyn y gwair gwyrdd anferth*!'

'Capten!' meddai'r Swyddog Cyntaf yn gwta. 'Capten, os gwelwch chi'n dda!'

'A *chlamp o gorryn mawr*!'

'O diar, mae e wedi bod wrth y wisgi eto,' sibrydodd yr Ail Swyddog.

'A *neidr gantroed anferthol – un gwbl anferthol*!' sgrechiodd y Capten.

'Ewch i alw Doctor y Llong,' meddai'r Swyddog Cyntaf. 'Dyw ein Capten ni ddim yn iach.'

Eiliad yn ddiweddarach, diflannodd y belen gron enfawr i gwmwl, a welodd y bobl ar y llong mohoni byth eto.

Dau ddeg pedwar

Ond ar ben yr eirinen wlanog ei hun, roedd pawb yn dal yn hapus ac yn llawn cyffro.

'Tybed i ble'r awn ni'r tro yma,' meddai'r Mwydyn.

'Beth yw'r ots?' atebon nhw. 'Mae gwylanod bob amser yn mynd 'nôl i'r tir yn hwyr neu'n hwyrach.'

Lan a lan â nhw, yn uchel uwchlaw'r cymylau uchaf, a'r eirinen wlanog yn siglo'n dyner o un ochr i'r llall wrth iddi hofran yn ei blaen.

'Oni fyddai hi'n amser braf i gael ychydig o gerddoriaeth?' gofynnodd y Fuwch Goch Gota. 'Beth amdani, Hen Sioncyn y Gwair?'

'Â phleser, foneddiges annwyl,' atebodd yr Hen Sioncyn y Gwair Gwyrdd, gan blygu'n isel o'i ganol.

'O, hwrê! Mae e'n mynd i chwarae i ni!' gwaeddon nhw, ac ar eu hunion eisteddodd y criw i gyd mewn cylch o gwmpas yr Hen Gerddor Gwyrdd – a dyma'r cyngerdd yn dechrau.

O'r eiliad y cafodd y nodyn cyntaf ei daro, roedd y gynulleidfa wedi'i chyfareddu. A doedd James yntau erioed wedi clywed y fath gerddoriaeth brydferth! Yn yr ardd gartref ar nosweithiau yn yr haf, roedd e wedi gwrando lawer tro ar sŵn sioncod y gwair yn pyncio yn y borfa, ac roedd e bob amser wedi hoffi'r sŵn roedden nhw'n ei wneud. Ond roedd hyn yn fath wahanol o sŵn yn llwyr. Cerddoriaeth go iawn oedd hyn – cordiau, harmonïau, tonau, a'r cyfan i gyd.

A dyna offeryn rhyfeddol roedd yr Hen Sioncyn y

Gwair Gwyrdd yn ei ganu. Roedd e fel ffidil! Roedd e'n union fel petai e'n canu ffidil!

Ei goes ôl oedd bwa'r ffidil, y rhan oedd yn symud. Ymyl ei adain oedd tannau'r ffidil, y rhan oedd yn gwneud y sŵn.

Roedd e'n defnyddio top ei goes ôl yn unig (ei glun), ac roedd e'n symud hon i fyny ac i lawr yn erbyn ymyl ei adain yn fedrus ryfeddol, weithiau'n araf, weithiau'n gyflym, ond gan symud yn rhwydd ac yn llyfn bob amser. Dyna'n union sut y byddai fiolinydd clyfar wedi defnyddio ei fwa; a llifodd y gerddoriaeth a llenwi'r awyr las i gyd o'u cwmpas â melodïau hudol.

Pan ddaeth y rhan gyntaf i ben, curodd pawb eu dwylo'n wyllt, a safodd Miss Corryn ar ei thraed a gweiddi, 'Ardderchog! Mwy! Rhowch fwy i ni!'

'O't ti'n hoffi hynna, James?' gofynnodd yr Hen Sioncyn y Gwair Gwyrdd, gan wenu ar y bachgen bach.

'O, ro'n i'n dwlu arno fe!' atebodd James. 'Roedd e'n hyfryd! Roedd e fel petai ffidil go iawn gyda chi yn eich dwylo!'

'Ffidil *go iawn*!' gwaeddodd yr Hen Sioncyn y Gwair Gwyrdd. 'Nefoedd annwyl, dwi'n hoffi hynny! Fachgen annwyl, ffidil go iawn *ydw* i! Mae'n rhan o'm corff i fy hunan!'

'Ond ydy *pob* sioncyn y gwair yn canu eu cerddoriaeth ar ffidil, yr un fath â chi?' gofynnodd James iddo.

'Nac ydyn,' atebodd, 'ddim pob un. Os wyt ti eisiau gwybod, sioncyn y gwair "byrgorn" ydw i. Mae dau deimlydd bach yn dod allan o 'mhen i. Weli di nhw? Dyna nhw. Maen nhw'n eithaf byr, on'd ydyn nhw?

Dyna pam maen nhw'n fy ngalw i'n "fyrgorn". A ni'r rhai "byrgorn" yw'r unig rai sy'n chwarae ein cerddoriaeth yn null ffidil, gan ddefnyddio bwa. Mae fy mherthnasau "hirgorn", y rhai sydd â theimlyddion hir siâp bwa'n dod o'u pennau nhw, yn gwneud cerddoriaeth drwy rwbio ymylon y ddwy adain uchaf at ei gilydd. Nid ffidlwyr ydyn nhw, ond rhwbwyr adenydd. Ac mae sŵn y rhwbwyr adenydd hyn yn eithaf eilradd hefyd, os caf i ddweud hynny. Mae'n swnio mwy fel banjo na ffidil.'

'Mae hyn i gyd yn gwbl ryfeddol!' gwaeddodd James. 'Ac i feddwl nad o'n i tan nawr erioed wedi *meddwl* am sut mae sioncyn y gwair yn gwneud ei synau.'

'Fachgen annwyl,' meddai'r Hen Sioncyn y Gwair Gwyrdd yn dyner, 'mae llond lle o bethau yn y byd yma nad wyt ti wedi dechrau meddwl amdanyn nhw eto. Ble, er enghraifft, rwyt ti'n meddwl dwi'n cadw fy nghlustiau?'

'Eich clustiau? Wel, yn eich pen, wrth gwrs.'

Dechreuodd pawb hollti eu boliau'n chwerthin.

'Wyt ti'n dweud nad wyt ti'n gwybod *hynny* hyd yn oed?' gwaeddodd y Neidr Gantroed.

'Rho gynnig arall arni,' meddai'r Hen Sioncyn y Gwair Gwyrdd, gan wenu ar James.

'Allwch chi mo'u cadw nhw'n unman arall, allwch chi?'

'Na alla,'te?'

'Wel – dwi'n rhoi'r ffidil yn y to. Ble *dych* chi'n eu cadw nhw?'

'Fan hyn,' meddai'r Hen Sioncyn y Gwair Gwyrdd. 'Un ar bob ochr i 'mola i.'

'Dyw hynny ddim yn wir!'

'Wrth gwrs ei fod e'n wir. Beth sydd mor rhyfedd am hynny? Dylet ti weld lle mae fy nghefnderwyr y criciaid a cheiliogod y rhedyn yn cadw eu rhai nhw.'

'Ble maen nhw'n eu cadw nhw?'

'Yn eu coesau. Un ym mhob un o'u coesau blaen, yn union o dan eu penliniau.'

'Wyt ti'n dweud nad oeddet ti'n gwybod hynny chwaith?' meddai'r Neidr Gantroed yn wawdlyd.

'Rydych chi'n tynnu fy nghoes,' meddai James. 'Allai neb fod â chlustiau yn ei goesau.'

'Pam lai?'

'Achos . . . achos mae'r peth yn hurt, dyna pam.'

'Wyt ti'n gwybod beth dwi'n feddwl sy'n hurt?' meddai'r Neidr Gantroed, gan wenu fel giât, fel arfer. 'Dwi ddim eisiau swnio'n ddigywilydd, ond *dwi*'n meddwl ei bod hi'n hurt i gael clustiau bob ochr i'r pen. Mae'n *edrych* yn hurt, does dim dwywaith amdani. Fe ddylet ti fynd i edrych yn y drych ryw ddiwrnod a gweld drosot ti dy hun.'

'Hen bla wyt ti!' gwaeddodd y Mwydyn. 'Pam mae rhaid i ti fod mor ddigywilydd ac anfoesgar wrth bawb? Fe ddylet ti ymddiheuro i James ar unwaith.'

Dau ddeg pump

Doedd James ddim eisiau i'r Mwydyn a'r Neidr Gantroed ddechrau dadlau eto, felly dywedodd yn gyflym wrth y Mwydyn, 'Dwed wrtha i, wyt *ti*'n canu unrhyw fath o gerddoriaeth?'

'Nac ydw, ond dwi'n gwneud pethau *eraill*, ac mae rhai ohonyn nhw wir yn eithaf *hynod*,' meddai'r Mwydyn, gan sirioli.

'Fel beth?' gofynnodd James.

'Wel,' meddai'r mwydyn. 'Y tro nesaf y byddi di'n sefyll mewn cae neu ardd ac yn edrych o dy gwmpas, cofia hyn: fod pob gronyn o bridd ar wyneb y tir, fod pob darn pitw bach o bridd rwyt ti'n gallu ei weld wedi mynd drwy gorff Mwydyn yn ystod y blynydd-oedd diwethaf! On'd yw hynny'n wych?'

'Dyw hynny ddim yn bosibl!' meddai James.

'Fachgen annwyl, mae hynny'n ffaith.'

'Wyt ti'n dweud felly dy fod ti'n *llyncu* pridd?'

'Fel yr andros,' meddai'r Mwydyn yn falch. '*I mewn* yn un pen a *mas* yn y pen arall.'

'Ond beth yw'r pwynt?'

'Beth wyt ti'n feddwl, beth yw'r pwynt?'

'Pam rwyt ti'n gwneud hynny?'

'Rydyn ni'n ei wneud e i'r ffermwyr. Mae'n gwneud i'r pridd droi'n ysgafn braf fel briwsion fel y bydd pethau'n tyfu'n dda ynddo. A dweud y gwir, wyddost ti, allai'r ffermwyr ddim gwneud hebddon ni. Rydyn ni'n hanfodol. Rydyn ni'n allweddol. Felly mae'n gwbl naturiol fod y ffermwr yn ein caru ni. Mae'n ein caru ni hyd yn oed yn fwy, rwy'n credu, nag y mae'n caru'r Fuwch Goch Gota!'

'Y Fuwch Goch Gota!' meddai James, gan droi i edrych arni. 'Ydyn nhw'n dy garu di hefyd?'

'Maen nhw'n dweud wrtha i eu bod nhw,' atebodd y Fuwch Goch Gota'n ddiymhongar, gan gochi drosti i gyd. 'Mewn gwirionedd, dwi'n deall bod y ffermwyr mewn rhai mannau'n ein caru ni gymaint eu bod yn mynd mas a phrynu sacheidiau o Fuchod Coch Cota byw ac yn mynd â nhw adref a'u gollwng yn rhydd yn eu caeau. Maen nhw'n fodlon iawn pan fydd llawer o Fuchod Coch Cota gyda nhw yn eu caeau.'

'Ond pam?' gofynnodd James.

'Achos 'dyn ni'n llowcio'r holl bryfed bach cas yna sy'n bwyta cnydau'r ffermwr i gyd. Mae hynny'n help mawr, a 'dyn ni ddim yn codi ceiniog goch y delyn am ein gwasanaeth.'

'Dwi'n meddwl dy fod ti'n rhyfeddol,' meddai James wrthi. 'Gaf i ofyn un cwestiwn bach arbennig?'

'Cei, wrth gwrs.'

'Wel, ydy hi'n wir y galla i ddweud beth yw oedran Buwch Goch Gota drwy gyfrif ei smotiau?'

'O nac ydy, dim ond stori i blant yw honna,' meddai'r Fuwch Goch Gota. 'Fyddwn ni byth yn newid ein smotiau. Mae rhai ohonon ni, wrth gwrs, yn cael ein geni gyda mwy o smotiau nag eraill, ond fyddwn ni byth yn eu newid nhw. Mae'r nifer o smotiau sydd gan Fuwch Goch Gota'n ffordd o ddangos i ba gangen o'r teulu mae hi'n perthyn. Fel y gweli di,

Buwch Goch Gota Naw Smotyn ydw i. Dw i'n lwcus iawn. Mae'n beth gwych i fod yn un ohonon ni.'

'Ydy, wir,' meddai James, gan syllu ar y gragen goch hardd a'r naw smotyn du arni.

'Ar y llaw arall,' ychwanegodd y Fuwch Goch Gota, 'does gan rai o'm perthnasau llai ffodus ddim mwy na dau smotyn i gyd ar eu cregyn! Alli di ddychmygu hynny? Buchod Coch Cota Dau Smotyn ydyn nhw, ac maen nhw'n gomon ac yn ddifaners iawn, mae'n ddrwg gyda fi ddweud. Ac yna, wrth gwrs, mae Buchod Coch Cota Pum Smotyn gyda ti hefyd. Mae'r rhain yn llawer neisiach na'r rhai Dau Smotyn, er eu bod nhw ychydig yn rhy eofn i mi, rhaid dweud.'

'Ond ydy pobl yn eu caru nhw i gyd?' gofynnodd James.

'Ydyn,' atebodd y Fuwch Goch Gota'n dawel. 'Mae pobl yn eu caru nhw i gyd.'

'Mae'n ymddangos fod pobl yn caru bron *pawb* fan hyn!' meddai James. 'Dyna neis yw hynny!'

'Nid fi!' gwaeddodd y Neidr Gantroed yn hapus. 'Pla ydw i a dwi'n falch o hynny. O, pla erchyll o ofnadwy ydw i!'

'Clywch, clywch,' meddai'r Mwydyn.

'Beth amdanoch chi, Miss Corryn?' gofynnodd James. 'Ydy pobl y byd yn eich caru chi hefyd?'

'Nac ydyn, yn anffodus,' atebodd Miss Corryn, gan ochneidio'n hir ac yn uchel. 'Dwi ddim yn cael fy ngharu o gwbl. Ac eto dwi'n gwneud dim ond daioni. Drwy'r dydd gwyn dwi'n dal pryfed a mosgitos yn fy ngwe. Dwi'n berson da.'

'Dwi'n gwybod eich bod chi,' meddai James.

"Dyn ni'r Corynnod yn cael ein trin yn annheg iawn,'
aeth Miss Corryn yn ei blaen. 'Wythnos diwetha'n
unig fe olchodd dy hen Anti Sponge ofnadwy di fy
nhad annwyl druan i lawr twll y plwg yn y bath.'

'O, dyna ofnadwy!' gwaeddodd James.

'Fe wyliais i'r cyfan o gornel lan yn y nenfwd,'
sibrydodd Miss Corryn. 'Roedd e'n erchyll. Welson ni
byth mohono fe wedyn.' Rholiodd deigryn mawr i
lawr ei boch a thasgu ar y llawr.

'On'd yw hi'n anlwcus iawn i ladd corryn?' gof-
ynnodd James, gan edrych o gwmpas ar y lleill.

'Wrth gwrs ei bod hi'n anlwcus i ladd corryn!'
gwaeddodd y Neidr Gantroed. 'Dyna un o'r pethau
mwyaf anlwcus y gall rhywun ei wneud. Edrych beth
ddigwyddodd i Anti Sponge ar ôl iddi wneud hynny!
Bwmp! Fe deimlon ni i gyd e, on'd do fe, wrth i'r
eirinen wlanog fynd drosti? O, rhaid bod y bwmp
hwnnw wedi bod yn un hyfryd i chi, Miss Corryn!'

'Roedd e'n foddhaol iawn,' atebodd Miss Corryn.
'Wnei di ganu cân i ni am hynny, os gweli di'n dda?'

Felly dyna wnaeth y Neidr Gantroed.

'Anti Sponge oedd yn hynod o dew,
Roedd ei bola yn dipyn o siew,

102

Roedd hi'n bwyta'n ddi-stop,
Yr holl fwyd ddaeth o'r siop,
Codai wynt ar ôl pop fel hen lew!
Meddai felly, "Rhaid imi deneuo,
Fel fy mod i fel cath fain yn sleifio,
Yn lle bod fel hen dwba
Byddaf denau fel rhaca."
Ond eirinen wlanog,
Yr eirinen wlanog,
Ddaeth ar wib dros ei bola a'i fflatio!'

'Roedd hynna'n neis iawn,' meddai Miss Corryn. 'Nawr cana un am Anti Spiker.'

'Â phleser,' atebodd y Neidr Gantroed, gan wenu fel giât.

'Anti Spiker oedd denau a main,
Fel llyngyryn a dynnwyd drwy'r drain.
Roedd mor denau â blewyn,
Neu gwt rhyw hen asyn,
Roedd fel tannau ar delyn, myn brain.

'"Rhaid imi wneud rhywbeth," fe ddwedodd
I ddyblu fy maint sawl gwaith trosodd!
Fe fwytaf siocledi
A losin yn rhesi
Nes 'mod i yn pesgi o'm gwirfodd."

'"Yn wir," gwaeddodd hi, "daeth yr awr
Imi newid fy siâp cyn daw'r wawr!"
Ond dyma'r eirinen

Yn bwrw'r hen ffolcen,
Nes ei bod fel pancosen ar lawr!'

Curodd pawb eu dwylo a galw am fwy o ganeuon gan y Neidr Gantroed, a aeth ati ar unwaith i ganu ei hoff gân o'r cyfan i gyd:

'Un tro yn wir
Pan oedd moch yn hir
A mwncïod yn cnoi tybaco,
A'r ieir yn chwarae pŵl
I ymddangos yn cŵl,
A'r hwyaid yn dweud cwac-cwac-cwaco,
A brain wrth y dwsin
Yn yfed gwin
A geifr yn bwyta tapioca
A'r ddau gi bach
Oedd mewn tipyn o strach. . .

'Gwylia, Neidr Gantroed!' gwaeddodd James. 'Gwylia!'

Dau ddeg chwech

Roedd y Neidr Gantroed, a oedd wedi dechrau dawnsio'n wyllt o gwmpas y dec yn ystod y gân hon, wedi mynd yn rhy agos at ymyl yr eirinen wlanog, ac am dair eiliad ofnadwy roedd wedi sefyll yn gwegian ar ymyl y dibyn, gan droi ei goesau mewn cylchoedd yn wyllt i geisio rhwystro ei hunan rhag cwympo yn ôl i'r gwagle. Ond cyn y gallai unrhyw un fynd ato – i lawr â fe! Rhoddodd waedd o arswyd wrth iddo fynd, a dyma'r lleill, gan ruthro draw i'r ymyl a syllu drosodd, yn gweld ei gorff hir truenus yn troi a throsi drwy'r awyr, gan fynd yn llai ac yn llai nes diflannu o'r golwg.

'Bryf Sidan!' gwaeddodd James. 'Glou! Dechreua nyddu!'

Ochneidiodd y Pryf Sidan, gan ei bod yn dal yn flinedig iawn ar ôl nyddu'r holl sidan i'r gwylanod, ond dyma hi'n gwneud yn ôl y gofyn.

'Dwi'n mynd i lawr ar ei ôl e!' gwaeddodd James, gan ddal y llinyn sidan wrth iddo ddechrau dod mas o fola'r Pryf Sidan a chlymu pen y llinyn o gwmpas ei ganol. 'Daliwch chi'r gweddill yn dynn wrth y Pryf Sidan fel nad ydw i'n ei thynnu hi drosodd gyda fi, ac yn nes ymlaen, os teimlwch chi dri phlwc ar y llinyn, dechreuwch fy nhynnu i lan eto!'

Dyma fe'n neidio a chwympo bendramwnwgl ar ôl y Neidr Gantroed, i lawr, i lawr, i lawr tuag at y môr islaw, a gelli di ddychmygu pa mor gyflym roedd rhaid i'r Pryf Sidan nyddu i ddal i fyny â chyflymdra ei gwymp.

'Welwn ni byth un o'r ddau eto!' llefodd y Fuwch Goch Gota. 'O, diar! O, diar! A ninnau mor hapus hefyd!'

Dyma Miss Corryn, y Pryfyn Tân, a'r Fuwch Goch Gota'n dechrau llefain i gyd. A'r Mwydyn hefyd. 'Dwi ddim yn hidio taten am y Neidr Gantroed,' meddai'r Mwydyn gan feichio crio. 'Ond ro'n i wir yn caru'r crwt bach 'na.'

Yn dawel iawn, dechreuodd yr Hen Sioncyn y Gwair

Gwyrdd chwarae'r Ymdeithgan Angladdol ar ei ffidil, ac erbyn iddo orffen, roedd pawb, gan gynnwys fe ei hunan, yn wylo'n hidl.

Ar hynny, daeth tri phlwc sydyn ar y rhaff. 'Tynnwch!' gwaeddodd yr Hen Sioncyn y Gwair Gwyrdd. 'Dewch y tu ôl imi, bawb, a thynnwch!'

Roedd tua milltir o linyn i'w dynnu i mewn, ond gweithiodd pawb fel slecs, ac yn y pen draw, dros ymyl yr eirinen wlanog, ymddangosodd James gwlyb diferol gyda Neidr Gantroed gwlyb diferol yn cydio'n dynn wrtho â phob un o'i bedwar deg dwy o goesau.

'Fe achubodd e fi!' ebychodd y Neidr Gantroed. 'Fe fuodd e'n nofio o gwmpas yng nghanol Cefnfor yr Iwerydd tan iddo fe ddod o hyd imi!'

'Fachgen annwyl,' meddai'r Hen Sioncyn y Gwair

106

Gwyrdd, gan daro James yn ysgafn ar ei gefn. 'Llon-gyfarchiadau mawr i ti.'

'Fy esgidiau!' gwaeddodd y Neidr Gantroed. 'Edrych-wch ar fy esgidiau pert i! Maen nhw wedi cael eu difetha gan y dŵr!'

'Bydd ddistaw!' meddai'r mwydyn. 'Rwyt ti'n lwcus dy fod ti'n fyw.'

'Ydyn ni'n dal i godi o hyd?' gofynnodd James.

'Ydyn yn sicr,' atebodd yr Hen Sioncyn y Gwair Gwyrdd. 'Ac mae hi'n dechrau nosi.'

'Dwi'n gwybod. Fe fydd hi'n nos cyn hir.'

'Pam nad awn ni i lawr oddi tanodd i gadw'n gynnes tan bore fory?' awgrymodd Miss Corryn.

'Na,' atebodd yr Hen Sioncyn y Gwair Gwyrdd. 'Dwi'n credu y byddai hynny'n beth ffôl i'w wneud. Fe fydd hi'n saffach os arhoswn ni i gyd lan fan hyn drwy'r nos a chadw gwyliadwriaeth. Yna, os digwyddiff unrhyw beth, byddwn ni'n barod amdano fe beth bynnag.'

Dau ddeg saith

Dyma James Henry Trotter a'i gymdeithion yn mynd ar eu cwrcwd yn glòs wrth ei gilydd ar ben yr eirinen wlanog wrth i'r nos ddechrau cau i mewn amdanyn nhw. Roedd cymylau fel mynyddoedd yn codi'n uchel uwch eu pennau ar bob llaw, yn ddirgel, yn fygythiol ac yn llethol. Yn raddol aeth yn dywyllach o hyd, ac yna cododd lleuad tri chwarter gwelw uwchlaw pennau'r cymylau a thaflu goleuni anghynnes dros yr olygfa i gyd. Siglodd yr eirinen wlanog enfawr yn dyner o ochr i ochr wrth iddi symud yn ei blaen, ac roedd y cannoedd o linynnau sidan gwyn yn codi o'i choesyn yn hardd yng ngolau'r lleuad. Felly hefyd yr haid enfawr o wylanod uwch eu pennau.

Doedd dim siw na miw i'w glywed. Doedd teithio ar yr eirinen wlanog yn ddim byd tebyg i deithio mewn awyren. Mae awyren yn clecian ac yn rhuo drwy'r awyr, ac mae beth bynnag allai fod yn llechu'n ddirgel i fyny fan'na yn y mynyddoedd cymylau mawr yn rhedeg i guddio wrth iddi ddod yn nes. Dyna pam nad yw pobl sy'n teithio mewn awyrennau byth yn gweld dim byd.

Ond roedd yr eirinen wlanog . . . oedd . . . roedd yr eirinen wlanog yn deithiwr tawel a llechwraidd, nad oedd yn gwneud smic o sŵn wrth symud yn ei blaen. A nifer o weithiau yn ystod y daith hir dawel honno yn y nos yn uchel uwchlaw canol y cefnfor yng ngolau'r

lleuad, gwelodd James a'i ffrindiau bethau na welodd neb erioed o'r blaen.

Unwaith, wrth iddynt symud yn dawel heibio i gwmwl gwyn anferth, dyma nhw'n gweld ar ei ben grŵp o bethau rhyfedd, tal ac eiddil a oedd tua dwywaith taldra dynion cyffredin. Doedd hi ddim yn hawdd eu gweld nhw ar y dechrau oherwydd eu bod nhw bron cyn wynned â'r cwmwl ei hun, ond wrth i'r eirinen wlanog hwylio'n nes, daeth hi'n amlwg mai creaduriaid byw oedd y 'pethau' yma mewn gwirionedd – creaduriaid tal, eiddil, fel ysbrydion a chysgodion gwyn, a oedd yn edrych fel petaen nhw wedi cael eu gwneud o gymysgedd o wlân cotwm a chandi fflos a blew gwyn tenau.

'Oooooooooooooo!' meddai'r Fuwch Goch Gota. 'Dwi ddim yn hoffi hyn o gwbl!'

'Hisht!' sibrydodd James 'nôl. 'Peidiwch â gadael

iddyn nhw eich clywed chi! Rhaid mai Dynion y Cymylau ydyn nhw!'

'*Dynion y Cymylau!'* sibrydon nhw, gan symud yn nes at ei gilydd i gael cysur. 'O diar, o diar!'

'Dwi'n falch 'mod i'n ddall ac yn methu eu gweld nhw,' meddai'r Mwydyn, 'neu mae'n debyg y byddwn i'n sgrechian.'

'Gobeithio na wnân nhw droi a'n gweld *ni,*' meddai Miss Corryn yn ofnus.

'Ydych chi'n meddwl y bydden nhw'n ein bwyta ni?' gofynnodd y Mwydyn.

'Fe fydden nhw'n dy fwyta *di,*' atebodd y Neidr Gantroed, gan wenu. 'Fe fydden nhw'n dy dorri di fel salami ac yn dy fwyta di'n dafelli tenau.'

Dechreuodd y Mwydyn druan grynu drosto ag arswyd.

'Ond beth maen nhw'n ei *wneud*?' sibrydodd yr Hen Sioncyn y Gwair Gwyrdd.

'Dwi ddim yn gwybod,' atebodd James yn dawel. 'Gadewch i ni wylio a gweld.'

Roedd Dynion y Cymylau'n sefyll yn griw gyda'i gilydd, ac roedden nhw'n gwneud rhywbeth rhyfedd â'u dwylo. Yn gyntaf, bydden nhw'n ymestyn (pawb gyda'i gilydd) ac yn dal llond eu dwylo o gwmwl. Yna bydden nhw'n rholio'r llond dwylo o gwmwl rhwng eu bysedd nes eu bod nhw'n troi'n rhywbeth a edrychai fel marblis mawr gwyn. Yna bydden nhw'n taflu'r marblis i'r naill ochr ac yn cydio mewn mwy o ddarnau o gwmwl yn gyflym ac yn dechrau o'r dechrau eto.

Roedd y cyfan yn dawel ac yn ddirgelwch mawr. Roedd y pentwr o farblis wrth eu hochr yn tyfu'n fwy ac yn fwy. Cyn hir roedd o leiaf llond lorri ohonyn nhw.

'Mae'n rhaid eu bod nhw'n gwbl ynfyd!' meddai'r Neidr Gantroed. 'Does dim byd i'w ofni fan hyn!'

'Bydd ddistaw, yr hen bla!' sibrydodd y Mwydyn. 'Fe gawn ni *i gyd* ein bwyta os gwelan nhw ni!'

Ond roedd Dynion y Cymylau'n llawer rhy brysur wrth eu gwaith i sylwi ar yr eirinen wlanog fawr yn symud yn araf y tu ôl iddyn nhw.

Yna gwelodd y gwylwyr ar yr eirinen wlanog un o Ddynion y Cymylau'n codi ei freichiau hir eiddil uwch ei ben a dyma nhw'n ei glywed yn gweiddi, 'Iawn, 'te, fechgyn! Dyna ddigon! Ewch i nôl y rhawiau!' Ac ar unwaith dyma Ddynion y Cymylau eraill yn rhoi bloedd ryfedd a main o lawenydd ac yn dechrau neidio i fyny

ac i lawr a chwifio eu dwylo yn yr awyr. Yna dyma nhw'n codi rhawiau anferth ac yn rhuthro draw at y pentwr marblis a dechrau eu rhofio gymaint fyth ag y gallen nhw dros ymyl y cwmwl, i'r gofod. *'I lawr â nhw!'* canon nhw wrth weithio.

> *'I lawr â nhw!*
> *Cesair ac eira!*
> *Rhewi, pesychu a thrwynau'n diferu!'*

'*Cesair* yw e!' sibrydodd James yn gyffrous. 'Maen nhw wedi bod yn gwneud cesair a nawr maen nhw'n eu harllwys nhw i lawr ar ben bobl yn y byd oddi tanon ni!'

'Cesair?' meddai'r Neidr Gantroed. 'Mae hynny'n hurt! Haf yw hi. Does dim cesair yn yr haf.'

'Maen nhw'n ymarfer ar gyfer y gaeaf,' meddai James wrtho.

'Dwi ddim yn credu hynny!' gwaeddodd y Neidr Gantroed gan godi ei lais.

'Hisht!' sibrydodd y lleill. Ac meddai James yn dawel, 'Er mwyn popeth, Neidr Gantroed, paid â gwneud cymaint o sŵn.'

Dechreuodd y Neidr Gantroed chwerthin yn uchel. 'Fyddai'r twpsod 'na ddim yn gallu clywed dim byd!' gwaeddodd. 'Maen nhw mor fyddar â phost! Gwyliwch chi nawr!' A chyn i neb allu ei rwystro, roedd e wedi rhoi ei draed blaen yn gwpan am ei geg ac roedd yn gweiddi nerth ei ben ar Ddynion y Cymylau. 'Twpsod!' gwaeddodd. 'Ffyliaid! Ioncs dwl! Bwbachod! Mwlsynnod! Beth ar y ddaear rydych chi'n meddwl eich bod chi'n wneud draw fan'na!'

Roedd yr effaith yn syth. Neidiodd Dynion y Cymylau o gwmpas fel petaen nhw wedi cael eu pigo gan gacwn. A phan welson nhw'r eirinen wlanog euraid enfawr yn hofran heibio iddyn nhw lai na hanner can metr i ffwrdd yn yr awyr, dyma nhw'n rhoi gwaedd o syndod a gollwng eu rhawiau ar y llawr. A dyna lle buon nhw'n sefyll a golau'r lleuad yn llifo i lawr drostyn nhw, yn gwbl ddisymud, fel criw o ddelwau tal gwyn a blewog, yn syllu'n gegrwth ar y ffrwyth anferth wrth iddo hwylio heibio.

Eisteddai'r teithwyr ar yr eirinen wlanog (pawb ond y Neidr Gantroed) wedi'u rhewi gan arswyd, yn edrych 'nôl ar Ddynion y Cymylau ac yn meddwl tybed beth oedd yn mynd i ddigwydd nesaf.

'Rwyt ti wedi'i gwneud hi nawr, yr hen bla hyll!' sibrydodd y Mwydyn wrth y Neidr Gantroed.

'Does dim o'u hofn *nhw* arna i!' gwaeddodd y Neidr Gantroed, ac i ddangos hynny unwaith eto i bawb, dyma fe'n ymsythu i'w lawn daldra ac yn dechrau dawnsio ar hyd y lle ac yn gwneud arwyddion sarhaus tuag at Ddynion y Cymylau gyda phob un o'i bedwar deg dwy o goesau.

Roedd hi'n amlwg i hyn wylltio Dynion y Cymylau'n anhygoel. Yn sydyn, dyma nhw'n troi ac yn cymryd llond eu dwylo o gesair a rhuthro draw at ymyl y cwmwl a dechrau eu taflu nhw at yr eirinen wlanog, gan weiddi'n grac ar yr un pryd.

'Gwyliwch!' gwaeddodd James. 'Glou! Gorweddwch! Gorweddwch ar eich boliau ar y dec!'

Lwcus iddyn nhw wneud hynny! Gall un geseiren roi cymaint o ddolur i chi â chraig neu lwmpyn o blwm os caiff ei thaflu'n ddigon caled – ac ar fy ngwir, roedd Dynion y Cymylau'n gallu taflu! Hisiodd y cesair drwy'r awyr fel bwledi o ddryll peiriannol, a gallai James eu clywed yn clatsho yn erbyn ochrau'r eirinen wlanog ac yn eu claddu eu hunain yng nghnawd yr eirinen wlanog gyda sŵn slwtsian ofnadwy – *plop! plop! plop! plop!* Ac yna *ping! ping! ping!* wrth iddyn nhw dasgu oddi ar gragen y Fuwch Goch Gota druan am na allai hi orwedd mor fflat â'r lleill. Ac yna *crac!* wrth i un ohonyn nhw daro'r Neidr Gantroed ar ganol ei drwyn a *crac!* eto wrth i un arall ei daro yn rhywle gwahanol.

'Ow!' gwaeddodd. 'Ow! Stopiwch! Stopiwch! Stopiwch!'

Ond doedd Dynion y Cymylau ddim yn bwriadu stopio o gwbl. Gallai James eu gweld yn rhuthro o gwmpas ar y cwmwl fel criw o ysbrydion mawr blewog, yn codi cesair o'r pentwr, yn rhuthro draw at ymyl y cwmwl, yn taflu'r cesair at yr eirinen wlanog, rhuthro 'nôl eto i gael mwy, ac yna, pan oedd y pentwr cesair wedi dod i ben, y cyfan wnaethon nhw oedd cydio mewn llond llaw o gwmwl eto a gwneud cynifer ag yr oedd ei angen arnyn nhw, a rhai llawer mwy nawr, rhai cymaint â phelenni canon.

'Glou!' gwaeddodd James. 'I lawr y twnnel neu fe gawn ni i gyd ein lladd!'

Rhuthrodd pawb at geg y twnnel, a hanner munud yn ddiweddarach roedd pawb yn saff i lawr llawr yng nghanol carreg yr eirinen wlanog, yn crynu gan ofn ac yn gwrando ar sŵn y cesair wrth iddyn nhw daro yn erbyn ochr yr eirinen wlanog.

'Dwi'n llanast llwyr!' griddfanodd y Neidr Gantroed. 'Dwi wedi cael fy anafu drosto i gyd!'

'Eithaf reit i ti,' meddai'r Mwydyn.

'Fyddai rhywun mor garedig ag edrych i weld a yw fy nghragen wedi ei thorri?' meddai'r Fuwch Goch Gota.

'Rho olau i ni!' gwaeddodd yr Hen Sioncyn y Gwair Gwyrdd.

'Alla i ddim!' llefodd y Pryfyn Tân. 'Maen nhw wedi torri fy mwlb!'

'Wel, rho un arall yn ei le fe, 'te!' meddai'r Neidr Gantroed.

'Byddwch ddistaw am eiliad,' meddai James. 'Gwrandewch! Dwi wir yn credu nad ydyn nhw'n ein taro ni mwyach!'

Peidiodd y siarad a gwrandawodd pawb. Oedd – roedd y sŵn wedi tawelu. Doedd y cesair ddim yn taro yn erbyn yr eirinen wlanog mwyach.

'Rydyn ni wedi'u gadael nhw ar ein holau!'

'Rhaid bod y gwylanod wedi ein tynnu ni o'r perygl.'

'Hwrê! Gadewch inni fynd lan i weld!'

Yn ofalus, gyda James yn mynd gyntaf, dringodd pawb lan y twnnel eto. Gwthiodd James ei ben allan ac edrych o'i gwmpas. 'Mae popeth yn glir!' galwodd. 'Wela i mohonyn nhw yn unman!'

Dau ddeg wyth

Fesul un, daeth y teithwyr allan eto i ben yr eirinen wlanog a syllu'n ofalus o'u cwmpas. Roedd y lleuad yn dal i ddisgleirio mor llachar ag erioed, ac roedd digon o fynyddoedd cwmwl enfawr yn llewyrchu ar bob llaw. Ond doedd dim Dynion y Cymylau yn y golwg nawr.

'Mae'r eirinen wlanog yn gollwng!' gwaeddodd yr Hen Sioncyn y Gwair Gwyrdd, gan syllu dros yr ymyl. 'Mae'n dyllau i gyd ac mae'r sudd yn diferu i bob-man!'

'Mae hi wedi *canu* arnon ni!' gwaeddodd y Mwydyn. 'Os yw'r eirinen wlanog yn gollwng felly rydyn ni'n siŵr o suddo!'

'Paid â bod yn ddwl!' meddai'r Neidr Gantroed wrtho. ''Dyn ni ddim yn y dŵr nawr!'

'O, edrychwch!' gwaeddodd y Fuwch Goch Gota. 'Edrychwch, edrychwch, edrychwch! Draw fan'na!'

Trodd pawb i edrych.

Yn y pellter ac yn syth o'u blaenau, roedd yr olygfa fwyaf rhyfeddol i'w gweld nawr. Rhyw fath o fwa oedd yno, rhywbeth mawr siâp bwa a oedd yn ymestyn yn uchel i'r awyr ac yn dod i lawr eto ar bob pen. Roedd pob pen yn gorffwys ar gwmwl enfawr gwastad a oedd cymaint â'r anialwch.

'Nawr beth yn y byd yw hwnna?' gofynnodd James.

'Pont yw hi!'

'Cylch enfawr wedi'i dorri'n ei hanner!'

'Pedol anferth yn sefyll ben i waered!'

'Dwedwch wrtha i os ydw i'n anghywir,' murmurodd y Neidr Gantroed, a'i wyneb yn troi'n welw, 'ond onid Dynion y Cymylau yw'r rheina'n dringo drosto fe i gyd?'

Buodd tawelwch ofnadwy. Symudodd yr eirinen wlanog yn nes ac yn nes.

'Dynion y Cymylau *ydyn nhw*!'

'Mae cannoedd ohonyn nhw!'

'Miloedd!'

'Miliynau!'

116

'Dwi ddim eisiau clywed am y peth!' sgrechiodd y Mwydyn dall druan. 'Fe fyddai'n well gen i fod ar ben bachyn a chael fy nefnyddio fel abwyd na chwrdd â'r creaduriaid erchyll yna eto!'

'Fe fyddai'n well gen i gael fy ffrio'n fyw a chael fy mwyta gan rywun o Fecsico!' llefodd yr Hen Sioncyn y Gwair Gwyrdd.

'Byddwch yn dawel, plîs,' sibrydodd James. 'Dyna'n hunig obaith ni.'

Dyma pawb yn cyrcydu'n llonydd iawn ar ben yr eirinen wlanog, gan syllu ar Ddynion y Cymylau. Roedd *heidiau* ohonyn nhw'n llythrennol dros holl wyneb y cwmwl, ac roedd cannoedd eto yn dringo'r bwa gorffwyll anferth yna.

'Beth yw'r peth yna?' sibrydodd y Fuwch Goch Gota. 'A beth maen nhw'n *wneud* iddo fe?'

'Does dim taten o ots gyda fi beth maen nhw'n wneud iddo fe!' meddai'r Neidr Gantroed, gan ruthro draw i geg y twnnel. 'Dwi ddim yn aros lan fan hyn! Hwyl!'

Ond roedd pawb arall yn rhy ofnus neu'n rhy syfrdan o weld yr holl beth i allu symud.

'Ydych chi'n gwybod beth?' sibrydodd James.

'*Beth?*' medden nhw. '*Beth?*'

'Y bwa anferth yna – maen nhw'n edrych fel petaen nhw'n ei *beintio* fe! Mae potiau o baent a brwsys mawr gyda nhw! Edrychwch chi!'

Ac roedd e yn llygad ei le. Roedd y teithwyr nawr yn ddigon agos i weld mai dyma'n union beth roedd Dynion y Cymylau'n ei wneud. Roedd ganddyn nhw i gyd frwsys enfawr yn eu dwylo ac roedden nhw'n tasgu'r paent ar y bwa mawr lluniaidd ar ras wyllt, mor gyflym, mewn gwirionedd, fel y cafodd y bwa i gyd ei orchuddio mewn ychydig funudau â'r lliwiau mwyaf godidog – lliwiau coch, glas, gwyrdd, melyn a phorffor.

'Enfys yw hi!' gwaeddodd pawb ar unwaith. 'Maen nhw'n gwneud enfys!'

'O, on'd yw hi'n hardd!'

'Edrychwch ar y lliwiau yna!'

'Neidr Gantroed!' gwaeddon nhw. '*Rhaid* i ti ddod lan i weld hyn!' Roedden nhw wedi eu swyno gymaint gan harddwch a disgleirdeb yr enfys fel yr anghofion nhw gadw eu lleisiau'n dawel. Gwthiodd y Neidr Gantroed ei ben yn betrusgar o geg y twnnel.

'Wel, wel, wel,' meddai. 'Dwi *wastad* wedi meddwl tybed sut roedd y pethau yna'n cael eu gwneud. Ond pam mae eisiau rhaffau? Beth maen nhw'n wneud â'r rhaffau yna?'

'Nefoedd wen, maen nhw'n ei gwthio hi oddi ar y cwmwl!' gwaeddodd James. 'Bant â hi! Maen nhw'n ei gollwng hi i lawr i'r ddaear â rhaffau!'

'Ac fe ddyweda i rywbeth arall wrthoch chi,' meddai'r Neidr Gantroed yn gwta. 'Os nad ydw i'n camgymryd yn fawr, fe fyddwn ni ein hunain yn ei tharo hi glatsh!'

'Arswyd y byd, mae e'n iawn!' gwaeddodd yr Hen Sioncyn y Gwair Gwyrdd.

Roedd yr enfys yn hongian yn yr awyr nawr o dan y cwmwl. Roedd yr eirinen wlanog hefyd yn union o dan lefel y cwmwl, ac roedd yn mynd yn union tuag at yr enfys, gan deithio'n eithaf cyflym.

'Mae hi ar ben arnon ni!' gwaeddodd Miss Corryn, gan wasgu ei thraed eto. 'Mae'r diwedd wedi dod!'

118

'Alla i ddim dioddef hyn!' llefodd y Mwydyn. 'Dwedwch wrtha i beth sy'n digwydd!'

'Rydyn ni'n mynd i fynd heibio iddi!' gwaeddodd y Fuwch Goch Gota.

'O nac ydyn ddim!'

'Ydyn, ydyn!'

'Ydyn! – Ydyn! – Nac ydyn! – O'r nefoedd!'

'Daliwch yn dynn, bawb!' gwaeddodd James, ac yn sydyn daeth twrw anferth wrth i'r eirinen wlanog daro clatsh yn erbyn pen ucha'r enfys. Yn dilyn hyn daeth

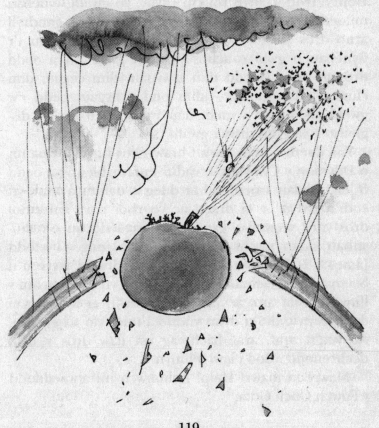

sŵn ofnadwy wrth i'r enfys anferth dorri'n deilchion yn union yn ei chanol a mynd yn ddau ddarn ar wahân.

Roedd y peth nesaf a ddigwyddodd yn hynod anffodus. Dyma'r rhaffau roedd Dynion y Cymylau wedi bod yn eu defnyddio i ostwng yr enfys yn mynd yn gwlwm ganglwm â'r llinynnau sidan oedd yn codi o'r eirinen wlanog at y gwylanod. Roedd yr eirinen wlanog yn sownd! Aeth hi'n anhrefn llwyr wrth i'r teithwyr ruthro'n wyllt o gwmpas, a dyma James Henry Trotter, wrth roi cip i fyny, yn gweld wynebau miloedd o Ddynion y Cymylau'n syllu'n wyllt gandryll arno dros ymyl y cwmwl. Doedd dim siâp bron i'r wynebau o gwbl o achos y gwallt gwyn hir a oedd drostyn nhw. Doedd dim trwynau, dim cegau, dim clustiau, dim genau – dim ond y llygaid oedd i'w gweld ym mhob wyneb, dau lygad bach du yn disgleirio'n faleisus drwy'r gwallt.

Yna daeth y peth mwyaf brawychus i gyd. Dyma un o Ddynion y Cymylau, creadur enfawr blewog· a oedd o leiaf bedair troedfedd ar ddeg o daldra o leiaf, yn codi'n sydyn ar ei draed ac yn rhoi naid anferthol dros ymyl y cwmwl, gan geisio cyrraedd un o'r llinynnau sidan uwchben yr eirinen wlanog. Gwelodd James a'i ffrindiau ef yn hedfan drwy'r awyr o'u blaenau, a'i freichiau ar led o'i flaen, yn ymestyn am y llinyn agosaf ato, ac yna dyma nhw'n ei weld yn ei ddal ac yn cydio'n dynn ynddo â'i ddwylo a'i goesau. Ac yna'n araf, araf bach, ag un llaw dros y llall, dechreuodd ddod i lawr y llinyn.

'Mawredd mawr! Help! Achubwch ni!' gwaeddodd y Fuwch Goch Gota.

'Mae e'n dod i lawr i'n bwyta ni!' llefodd yr Hen
Sioncyn y Gwair Gwyrdd. 'Neidiwch dros yr ymyl!'

'Mae'n well iti fwyta'r Mwydyn gyntaf!' gwaeddodd
y Neidr Gantroed. 'Does dim pwynt fy mwyta i, dwi'n
llawn esgyrn fel ciper!'

'Neidr Gantroed!' gwaeddodd James. 'Glou! Cno
drwy'r llinyn, yr un mae'n dod i lawr arno fe!'

Rhuthrodd y Neidr Gantroed draw at goesyn yr
eirinen wlanog a chymryd y llinyn sidan rhwng ei
ddannedd a chnoi drwyddo'n syth â'i enau miniog.
Ar unwaith, fry uwch eu pennau, gwelwyd un wylan
yn torri'n rhydd o weddill yr haid ac yn hedfan i
ffwrdd gyda llinyn hir yn llusgo o'i gwddf. Ac yn
hongian yn daer wrth ben y llinyn, gan weiddi a rhegi

mewn cynddaredd, roedd Dyn y Cwmwl anferth a blewog. Lan a lan â fe, gan siglo ar draws yr awyr loergan, ac meddai James Henry Trotter, wrth ei wylio'n llawn rhyfeddod, 'Arswyd y byd, rhaid nad yw e'n pwyso braidd dim os yw un wylan yn gallu ei godi fe fel yna! Rhaid mai dim ond blew ac awyr yw e!'

Roedd gweddill Dynion y Cymylau mor syfrdan o weld un o'u plith yn cael ei gario i ffwrdd fel hyn fel y gollyngon nhw afael yn y rhaffau roedden nhw'n cydio ynddyn nhw ac yna wrth gwrs lawr â'r enfys, y ddau hanner gyda'i gilydd, a chwympo tuag at y ddaear islaw. Oherwydd hyn, cafodd yr eirinen wlanog ei rhyddhau, ac ar unwaith dyma hi'n dechrau hwylio i ffwrdd o'r cwmwl erchyll hwnnw.

Ond doedd y teithwyr ddim wedi cael gwared â nhw eto. Dyma Dynion y Cymylau, yn wyllt gynddeiriog, yn neidio i fyny ac yn rhedeg ar eu holau ar hyd y cwmwl, gan daflu pob math o wrthrychau caled ac ofnadwy atyn nhw'n ddidrugaredd. Bwcedi paent gwag, brwsys paent, ysgolion, stolion, sosbenni, padelli ffrio, wyau clwc, llygod Ffrengig marw, poteli o olew gwallt – daeth unrhyw beth y gallai'r gweilch gael gafael arno i lawr ar yr eirinen wlanog. Dyma un o Ddynion y Cymylau, gan anelu'n ofalus iawn, yn arllwys galwyn o baent porffor trwchus dros ymyl y cwmwl reit ar ben y Neidr Gantroed ei hun.

Sgrechiodd y Neidr Gantroed mewn cynddaredd. 'Fy nghoesau i!' gwaeddodd. 'Maen nhw'n mynd yn sownd wrth ei gilydd! Alla i ddim cerdded! Ac mae fy llygaid i'n pallu agor! Alla i ddim gweld! A fy esgidiau i! Mae fy esgidiau i wedi'u difetha'n llwyr!'

Ond am y tro roedd pawb yn llawer rhy brysur yn

osgoi'r pethau roedd Dynion y Cymylau'n eu taflu i roi sylw i'r Neidr Gantroed.

'Mae'r paent yn sychu!' cwynodd. 'Mae'n caledu! Alla i ddim symud fy nghoesau! Alla i ddim symud dim!'

'Rwyt ti'n dal i allu symud dy geg,' meddai'r Mwydyn. 'Ac mae hynny'n drueni mawr.'

'James!' llefodd y Neidr Gantroed. 'Helpa fi, plîs! Golcha'r paent yma! Crafa fe bant! Unrhyw beth!'

Dau ddeg naw

Roedd hi'n teimlo fel amser hir cyn i'r gwylanod allu tynnu'r eirinen wlanog bant o'r cwmwl enfys ofnadwy yna. Ond dyma nhw'n llwyddo o'r diwedd, ac yna ymgasglodd pawb o gwmpas y Neidr Gantroed druan a dechrau dadlau ynghylch y ffordd orau i gael y paent oddi ar ei gorff.

Roedd golwg ofnadwy arno. Roedd e'n borffor o'i gorun i'w sawdl, a nawr gan fod y paent yn dechrau sychu a chaledu, roedd e'n gorfod eistedd yn union-syth, fel petai wedi cael ei orchuddio â sment. Ac roedd pob un o'i bedwar deg dwy o goesau yn sticio mas yn syth o'i flaen, fel rhodenni. Ceisiodd ddweud rhywbeth, ond roedd ei wefusau'n gwrthod symud. Y cyfan y gallai ei wneud nawr oedd gwneud synau rhyfedd yn ei wddf.

Estynnodd yr Hen Sioncyn y Gwair Gwyrdd ei law a chyffwrdd â'i stumog yn ofalus. 'Ond sut gallai e fod wedi sychu mor gyflym?' gofynnodd.

'Paent enfys yw e,' atebodd James. 'Mae paent enfys yn sychu'n gyflym iawn ac yn galed iawn.'

'Dwi'n casáu paent,' cyhoeddodd Miss Corryn. 'Mae'n codi ofn arna i. Mae'n fy atgoffa i o Anti Spiker – y *ddiweddar* Anti Spiker, hynny yw – achos y tro diwethaf iddi beintio nenfwd ei chegin dyma fy annwyl fam-gu druan yn camu ynddo drwy gamgymeriad pan oedd e'n dal yn wlyb, a dyna lle'r aeth hi'n sownd. A thrwy'r nos fe allen ni ei chlywed hi'n gweiddi arnon ni, 'Help! help! help!' ac roedd ei chlywed hi'n torri fy nghalon i. Ond beth allen ni ei wneud? Dim byd tan y diwrnod canlynol pan oedd y paent wedi sychu, ac yna wrth gwrs fe ruthron ni i gyd draw ati a'i thawelu a rhoi ychydig o fwyd iddi. Credwch neu beidio, fe fuodd hi'n byw am chwe mis fel yna, ben i waered ar y nenfwd gyda'i choesau'n sownd yn y paent o hyd. Do'n wir. Fe roddon ni fwyd iddi bob dydd. Fe ddaethon ni â phryfed ffres yn syth o'r we. Ond yna ar y chweched ar hugain o Ebrill y llynedd, dyma Anti Sponge – y *ddiweddar* Anti Sponge, hynny yw – yn digwydd edrych i fyny ar y nenfwd, ac fe sylwodd hi arni hi. "Corryn!" gwaeddodd. "Corryn ych-a-fi! Glou! Cer i nôl y mop â'r goes hir!" Ac yna – O, roedd e mor erchyll na alla i ddioddef meddwl am y peth . . .' Sychodd Miss Corryn ddeigryn ac edrych yn drist ar y Neidr Gantroed. 'Druan â ti,' murmurodd. 'Dwi'n teimlo'n flin iawn drosot ti.'

'Ddaw e byth bant,' meddai'r Mwydyn yn siriol. 'Fydd ein Neidr Gantroed ni byth yn symud eto. Fe fydd e'n troi yn gerflun ac fe fyddwn ni'n gallu ei roi e yng nghanol y lawnt gyda bath adar ar ei ben.'

'Fe allen ni roi cynnig ar dynnu ei groen e fel banana,' awgrymodd yr Hen Sioncyn y Gwair Gwyrdd.

'Neu ei rwbio fe i lawr â phapur tywod,' meddai'r Fuwch Goch Gota.

'Nawr petai e'n hwpo ei dafod mas,' meddai'r Mwydyn, gan wenu ryw fymryn am y tro cyntaf yn ei fywyd, efallai, 'petai e'n hwpo ei dafod mas wir yn bell, yna fe allen ni i gyd ddal ein gafael ynddo fe a dechrau tynnu. A phetaen ni'n tynnu'n ddigon caled, fe allen ni ei droi e tu chwith allan ac fe fyddai croen newydd ganddo fe!'

Buodd saib wrth i'r gweddill ystyried y cynnig diddorol hwn.

'Dwi'n meddwl,' meddai James yn araf, 'dwi'n meddwl mai'r peth gorau i'w wneud . . .' Yna stopiodd. 'Beth oedd *hwnna*?' gofynnodd yn gyflym. 'Fe glywais i lais. Fe glywais i rywun yn gweiddi!'

Tri deg

Cododd pawb eu pennau, a gwrando.

'Hisht! Dyna fe eto!'

Ond roedd y llais yn rhy bell i ffwrdd iddyn nhw glywed beth roedd e'n ddweud.

'Un o Ddynion y Cymylau yw e!' gwaeddodd Miss Corryn. 'Dwi'n gwybod mai un o Ddynion y Cymylau yw e! Maen nhw ar ein holau ni eto!'

'Fe ddaeth e o lan fan'na!' meddai'r Mwydyn, ac yn syth edrychodd pawb i fyny, pawb heblaw am y Neidr Gantroed, nad oedd yn gallu symud.

'Aw!' medden nhw. 'Help! Trugaredd! Rydyn ni'n mynd i'w dal hi'r tro 'ma!' Oherwydd yr hyn roedden nhw'n ei weld nawr, yn troi ac yn trosi'n union uwch eu pennau, oedd cwmwl du enfawr, rhywbeth ofnadwy, peryglus, stormus yr olwg a ddechreuodd rymblan a rhuo hyd yn oed wrth iddyn nhw syllu arno. Ac yna, daeth y llais o bell i lawr atyn nhw eto oddi fry lan ar ben y cwmwl, a'r tro yma roedd e'n uchel a chlir iawn.

'Agorwch y tapiau!' gwaeddai. *'Agorwch y tapiau! Agorwch y tapiau!'*

Dair eiliad yn ddiweddarach, dyma waelod y cwmwl i gyd fel petai'n hollti ac yn agor fel bag papur ac yna – *mas* â'r dŵr! Gwelson nhw fe'n dod. Roedd e'n ddigon hawdd ei weld gan nad diferion o law yn unig oedd e. Nid diferion o law oedd e o gwbl. Roedd e'n llwyth solet o ddŵr a allai fod wedi bod yn llyn neu'n gefnfor cyfan yn gollwng o'r awyr ar eu pennau, ac i lawr y daeth e, i lawr ac i lawr ac i lawr, gan daro yn erbyn y gwylanod yn gyntaf ac yna ar yr eirinen wlanog ei

hunan, tra bod y teithwyr druain yn sgrechian gan ofn ac yn chwilio'n wyllt am rywbeth i ddal eu gafael ynddo – coesyn yr eirinen wlanog, y llinynnau sidan, unrhyw beth y gallen nhw ddod o hyd iddo – a thrwy'r amser roedd y dŵr yn arllwys ac yn rhuo i lawr ar eu pennau nhw, yn bowndio a sblasio a chlatsio a chwyrlïo a sio a rhuo a llifo a llifeirio a phowlio a phwnio a rhuthro a rhuthro, ac roedd e fel cael dy wasgu i lawr o dan y rhaeadr fwyaf yn y byd a thithau'n methu mynd o'r ffordd. Allen nhw ddim siarad. Allen nhw ddim gweld. Allen nhw ddim anadlu. A dyma James Henry Trotter, wrth gydio'n wyllt wrth un o'r llinynnau sidan uwchben coesyn yr eirinen wlanog, yn dweud wrtho'i hun mai dyma'n siŵr oedd y diwedd wedi'r cyfan. Ond yna, yr un mor sydyn ag yr oedd wedi dechrau, peidiodd y dilyw. Roedden nhw wedi dod mas ohono ac roedd popeth ar ben. Roedd y gwylanod gwych wedi hedfan yn syth drwyddo ac wedi dod mas yn ddiogel yn y pen draw. Unwaith eto roedd yr eirinen wlanog enfawr yn hwylio'n dawel drwy'r awyr ddirgel loergan.

'Dwi wedi boddi!' ebychodd yr Hen Sioncyn y Gwair Gwyrdd, gan boeri dŵr allan fesul peint.

'Mae e wedi mynd yn syth drwy fy nghroen i!' cwynodd y Mwydyn. 'Ro'n i bob amser yn meddwl bod fy nghroen i'n dal dŵr ond dyw e ddim a nawr dwi'n llawn glaw!'

'*Edrychwch arna i, edrychwch arna i!*' gwaeddodd y Neidr Gantroed yn gyffrous.

'Mae e wedi fy ngolchi i'n *lân*! Mae'r paent i gyd wedi mynd! Dwi'n gallu symud eto!'

'Dyna'r newyddion gwaethaf imi ei glywed ers tro byd,' meddai'r Mwydyn.

Roedd y Neidr Gantroed yn dawnsio o gwmpas y dec ac yn troi din dros ben yn yr awyr ac yn canu nerth ei ben:

'Diolch byth fod y glaw wedi dod!
Dwi'n symud! Mae'r poen wedi darfod!
Ac eto dwi'n bla,
Yn bwyta a difa,
Y pla sy'n difetha mor barod!'

'O, cau dy hen geg,' meddai'r Hen Sioncyn y Gwair Gwyrdd.

'Edrychwch arna i!' gwaeddodd y Neidr Gantroed.

'Ɖrychwch NAWR! Rydw i'n rhydd! Rydw i'n rhydd!
Heb un niwed i'm poeni am ddydd!
Roedd pawb wedi sylwi
Fy mod ar fin trengi,
Fe fues i'n poeni,
Do, fe fues i'n poeni!
Ond yr Hen Neidr Gantroed a fydd!'

Tri deg un

'Dyna glou rydyn ni'n mynd yn sydyn reit,' meddai'r Fuwch Goch Gota. 'Tybed pam?'

'Dwi ddim yn meddwl bod y gwylanod yn hoffi'r lle

'ma'n fwy na ninnau,' atebodd James. 'Mae'n debyg eu bod nhw eisiau mynd oddi yma cyn gynted ag y gallan nhw. Fe gawson nhw lond bola o ofn yn y storm 'na rydyn ni newydd fod drwyddi.'

Hedfanodd y gwylanod yn gynt a chynt, gan wibio drwy'r awyr yn gyflym dros ben, gyda'r eirinen wlanog yn llusgo y tu ôl iddyn nhw. Aeth un cwmwl ar ôl y llall heibio iddyn nhw ar bob llaw, pob un ohonyn nhw'n wyn fel ysbryd yng ngolau'r lleuad, a sawl gwaith eto yn ystod y nos cafodd y teithwyr gip ar Ddynion y Cymylau'n symud o gwmpas pennau'r cymylau hyn, yn gweithio eu hud sinistr ar y byd islaw.

Unwaith pasion nhw beiriant eira'n gweithio, gyda Dynion y Cymylau'n troi'r ddolen a storm o blu eira'n chwythu mas o'r corn simdde mawr uwch ei ben. Gwelson nhw'r drymiau mawr oedd yn cael eu defnyddio i wneud taranau, a Dynion y Cymylau'n eu taro'n wyllt â morthwylion hir. Gwelson nhw'r ffatrïoedd rhew a'r cynhyrchwyr gwynt a'r mannau lle roedd seiclonau a thornados yn cael eu gwneud a'u hanfon yn chwyrlïo i lawr tuag at y Ddaear, ac unwaith, yn ddwfn yng nghanol cwmwl tonnog cau, gwelson nhw rywbeth na allai ond wedi bod yn ddinas Dynion y Cymylau. Roedd ogofâu ym mhobman yn rhedeg i mewn i'r cwmwl, ac wrth geg yr ogofâu roedd gwragedd Dynion y Cymylau yn eu cwrcwd yn plygu dros stofiau gyda phadelli ffrio yn eu dwylo, yn ffrio peli eira i'w gwŷr i swper. Ac roedd cannoedd o blant Dynion y Cymylau'n rhedeg o gwmpas y lle ac yn sgrechian chwerthin ac yn llithro i lawr tonnau'r cymylau ar slediau.

Awr yn ddiweddarach, ychydig cyn y wawr, clywodd

y teithwyr sŵn *wwsh* tawel yn union uwch eu pennau a dyma nhw'n edrych i fyny a gweld creadur anferth llwyd fel ystlum yn disgyn tuag atyn nhw o'r tywyllwch. Aeth mewn cylch o gwmpas yr eirinen wlanog, gan daro ei adenydd mawr yn araf yng ngolau'r lleuad a syllu ar y teithwyr. Yna dyma fe'n llefain sawl tro yn drist ac yn hir ac yn ddwfn ac wedyn dyma fe'n hedfan i ffwrdd unwaith eto i'r nos.

'O, fe fyddai hi'n dda gyda fi petai'r bore'n dod!' meddai Miss Corryn, gan grynu drosti.

'Fydd e ddim yn hir nawr,' atebodd James. 'Edrychwch, mae hi'n dechrau goleuo draw fan'na'n barod.'

Eisteddodd pawb mewn tawelwch yn gwylio'r haul wrth iddo godi'n araf dros ymyl y gorwel ar gyfer diwrnod newydd.

Tri deg dau

A phan ddaeth hi'n olau dydd llawn o'r diwedd, cododd pawb ar eu traed ac ymestyn eu cyrff truenus a oedd wedi cyffio i gyd, ac yna, dyma'r Neidr Gantroed, a oedd bob amser fel petai'n gweld pethau gyntaf, yn gweiddi, 'Edrychwch! Mae tir oddi tanon ni!'

'Mae e'n iawn!' gwaeddon nhw, gan redeg at ymyl yr eirinen wlanog a syllu drosti. 'Hwrê! Hwrê!'

'Mae 'na strydoedd a thai 'na rwy'n credu!'

'Ond mae'r cyfan yn anferthol on'd yw e!'

Ymestynnai dinas eang, yn disgleirio yn heulwen y bore cynnar, dair mil o droedfeddi oddi tanyn nhw. Ar yr uchder hwnnw, edrychai'r ceir fel chwilod bach yn cropian ar hyd y strydoedd, ac edrychai'r bobl oedd yn cerdded ar y palmentydd yn ddim mwy na gronynnau bach o barddu.

'Am adeiladau tal gwych!' ebychodd y Fuwch Goch Gota. 'Dwi erioed wedi gweld dim byd tebyg iddyn *nhw* yn Lloegr. Pa dref yw hi tybed?'

'Does bosib taw Lloegr sy fan'na,' meddai'r Hen Sioncyn y Gwair Gwyrdd.

'Yna ble 'te?' gofynnodd Miss Corryn.

'Ydych chi'n gwybod beth yw'r adeiladau 'na?' gwaeddodd James, gan neidio i fyny ac i lawr yn llawn cyffro. 'Nendyrau ydyn nhw! Felly mae'n rhaid mai America yw'r wlad yma! Ac mae hynny, gyfeillion, yn golygu ein bod ni wedi croesi Cefnfor yr Iwerydd dros nos!'

'Dwyt ti ddim yn meddwl hynny!' gwaeddon nhw.

'Dyw hi ddim yn bosibl!'

'Mae'n anhygoel! Mae'n anghredadwy!'

'O, dwi wastad wedi breuddwydio am fynd i America!' gwaeddodd y Neidr Gantroed. 'Roedd ffrind gyda fi unwaith a –'

'Bydd ddistaw!' meddai'r Mwydyn. 'Pwy sy'n hidio am dy ffrind di? Yr hyn sy'n rhaid i ni feddwl amdano fe yw *sut yn y byd rydyn ni'n mynd i fynd lawr i'r ddaear?'*

'Gofyn i James,' meddai'r Fuwch Goch Gota.

'Dwi ddim yn meddwl y dylai hynny fod yn anodd iawn,' meddai James wrthyn nhw. 'Y cyfan fydd rhaid i ni ei wneud yw torri ychydig o wylanod yn rhydd. Dim gormod, cofiwch chi, dim ond digon fel nad yw'r gweddill *wir* yn gallu ein cadw ni lan yn yr awyr. Yna fe awn ni i lawr, yn araf ac yn dawel, hyd nes inni gyrraedd y tir. Caiff y Neidr Gantroed gnoi'r drwy'r llinynnau inni fesul un.'

Tri deg tri

Ymhell oddi tanyn nhw, yn Ninas Efrog Newydd, roedd hi'n dechrau mynd yn ferw gwyllt. Roedd pelen fawr gron yr un maint â thŷ wedi cael ei gweld yn union uwchben canol Manhattan, ac aeth neges ar led yn dweud mai bom mawr oedd hi a oedd wedi cael ei anfon draw gan ryw wlad arall i chwythu'r ddinas gyfan yn yfflon. Dechreuodd seirenau cyrchoedd awyr gwynfan ym mhob rhan o'r ddinas. Torrwyd ar draws pob rhaglen radio a theledu gan hysbysiadau'n dweud bod rhaid i'r boblogaeth fynd i lawr i'w seleri ar unwaith. A dyma un filiwn o bobl oedd yn cerdded yn

y strydoedd ar eu ffordd i'r gwaith yn edrych i fyny i'r awyr ac yn gweld yr anghenfil yn hofran uwch eu pennau, a dyma nhw'n dechrau rhedeg am y fynedfa i'r rheilffordd danddaearol agosaf. Cydiodd cadfridogion yn eu ffoniau a gweiddi gorchmynion i bawb y gallen nhw feddwl amdanyn nhw. Rhoddodd Maer Efrog Newydd alwad ffôn i Arlywydd yr Unol Daleithiau lawr yn Washington, D.C., i ofyn iddo am help, a dyma'r Arlywydd, a oedd ar yr eiliad honno'n cael brecwast yn ei byjamas, yn gwthio'r platiaid o *Sugar Crisps* roedd e ar ganol ei fwyta o'r neilltu ac yn dechrau gwasgu botymau ar y dde a'r chwith i alw ei Lyngesyddion a'i Gadfridogion. A'r holl ffordd ar draws America fawr, ym mhob un o'r pum deg Talaith o Alaska i Florida, o Pennsylvania i Hawaii, seiniodd rhybudd ac aeth y gair ar led fod y bom mwyaf yn hanes y byd yn hofran uwchben Dinas Efrog Newydd, ac y gallai ffrwydro unrhyw eiliad.

Tri deg pedwar

'Dere mlân, Neidr Gantroed, cno drwy'r llinyn cyntaf,' gorchmynnodd James.

Cymerodd y Neidr Gantroed un o'r llinynnau sidan rhwng ei ddannedd a chnoi drwyddo. Ac unwaith eto (ond *heb* un o Ddynion cas y Cymylau yn hongian wrth ben draw'r llinyn y tro yma) daeth un wylan yn rhydd o weddill yr haid a hedfan i ffwrdd ar ei phen ei hunan.

'Cno un arall,' gorchmynnodd James.

Cnodd y Neidr Gantroed drwy linyn arall.

'Pam nad ydyn ni'n mynd i lawr?'

'Rydyn ni yn mynd i lawr!'

'O nac ydyn, dydyn ni ddim!'

'Peidiwch ag anghofio bod yr eirinen wlanog yn llawer ysgafnach nawr nag oedd hi pan ddechreuon ni,' meddai James wrthyn nhw. 'Fe gollodd hi dipyn go lew o sudd pan fwriodd y cesair hi yn ystod y nos. Torra ddwy wylan arall, Neidr Gantroed!'

'A, dyna welliant!'

'Dyma ni'n mynd!'

'Nawr rydyn ni wir yn mynd i lawr!'

'Ydyn, mae hyn yn berffaith! Paid â chnoi mwy, Neidr Gantroed, neu fe awn ni i lawr yn rhy glou! Gan bwyll bach!'

Yn araf dechreuodd yr eirinen wlanog enfawr ddod i lawr, a dechreuodd yr adeiladau a'r strydoedd islaw ddod yn nes ac yn nes.

'Ydych chi'n meddwl y cawn ni i gyd ein lluniau yn y papurau newydd pan ddown ni i lawr?' gofynnodd y Fuwch Goch Gota.

'Arswyd y byd, dwi wedi anghofio rhoi sglein ar fy esgidiau!' meddai'r Neidr Gantroed. 'Rhaid i bawb fy helpu i roi sglein ar fy esgidiau cyn inni gyrraedd.'

'O, er mwyn popeth!' meddai'r Mwydyn. 'Alli di ddim peidio meddwl am –'

Ond orffennodd e ddim o'r frawddeg. Oherwydd yn sydyn . . . *WWWSH!* . . . a dyma pawb yn edrych i fyny a gweld awyren enfawr â phedwar peiriant yn saethu tuag atyn nhw o gwmwl gerllaw ac yn gwibio heibio iddyn nhw ddim mwy nag ugain troedfedd uwch eu pennau. Hon oedd yr awyren reolaidd i deithwyr y bore bach a oedd yn cyrraedd Efrog Newydd o Chicago, ac wrth iddi fynd heibio, dyma hi'n torri drwy bob un o'r llinynnau sidan, ac yn syth aeth y gwylanod yn rhydd, a dyma'r eirinen wlanog enfawr, heb ddim i'w dal yn yr awyr mwyach, yn cwympo tua'r ddaear fel lwmpyn o blwm.

'Help!' gwaeddodd y Neidr Gantroed.

'Achubwch ni!' gwaeddodd Miss Corryn.

'Mae hi ar ben arnon ni!' gwaeddodd y Fuwch Goch Gota.

'Dyma'r diwedd!' gwaeddodd yr Hen Sioncyn y Gwair Gwyrdd.

'James!' gwaeddodd y Mwydyn. 'Gwna rywbeth, James! Glou, gwna rywbeth!'

'Alla i ddim!' gwaeddodd James. 'Mae'n ddrwg gyda fi. Hwyl fawr! Caewch eich llygaid, bawb! Fydd hi ddim yn hir nawr!'

Tri deg pump

Trodd yr eirinen wlanog rownd a rownd a ben i waered wrth blymio tuag at y ddaear, ac roedden nhw i gyd yn cydio'n daer wrth y coesyn i'w harbed eu hunain rhag cael eu hyrddio i'r gofod.

Cwympodd yn gynt ac yn gynt. I lawr ac i lawr ac i lawr, gan wibio'n nes at y tai a'r strydoedd islaw, lle byddai hi'n sicr o dorri'n deilchion mân wrth eu taro. A'r holl ffordd ar hyd Fifth Avenue a Madison Avenue, ac ar hyd yr holl strydoedd eraill yn y Ddinas, dyma'r bobl nad oedd wedi cyrraedd y llochesi tan-ddaearol yn edrych i fyny ac yn ei gweld hi'n dod, a

137

dyma nhw'n stopio rhedeg ac yn sefyll yno'n syllu'n syfrdan ar y peth roedden nhw'n meddwl mai'r bom mwyaf yn byd i gyd oedd e, a hwnnw'n syrthio o'r awyr ar eu pennau. Sgrechiodd rhai menywod. Penliniodd eraill ar y palmant a dechrau gweddïo'n uchel. Trodd dynion cryf at ei gilydd a dweud pethau fel, 'Wel, mae'n debyg taw dyma'r diwedd, Joe,' a 'Hwyl fawr, bawb, hwyl fawr.' Ac am y tri deg eiliad nesaf daliodd y ddinas gyfan ei hanadl, gan ddisgwyl i'r diwedd ddod.

Tri deg chwech

'Hwyl fawr, Fuwch Goch Gota!' ebychodd James, gan gydio'n dynn yng nghoesyn yr eirinen wrth iddi gwympo. 'Hwyl fawr, Neidr Gantroed. Hwyl fawr, bawb!' Dim ond ychydig eiliadau oedd i fynd nawr ac edrychai fel petaen nhw'n mynd i gwympo reit yng nghanol yr adeiladau uchaf. Gallai James weld y nendyrau'n rhuthro i fyny i gwrdd â nhw ar gyflymder ofnadwy, ac roedd copa'r rhan fwyaf ohonyn nhw'n wastad, ond roedd gan yr un talaf ohonyn nhw gopa a oedd yn culhau yn bigyn hir a phigog – fel nodwydd arian anferth yn ymestyn lan i'r awyr.

Ac yn union ar ben y nodwydd hon y cwympodd yr eirinen wlanog!

Daeth sŵn slwtshlyd. Aeth y nodwydd i mewn yn ddwfn. Ac yna'n sydyn – dyna lle roedd yr eirinen wlanog enfawr, wedi ei dal a'i gwanu ar gopa'r Empire State Building.

Tri deg saith

Roedd hi wir yn olygfa anhygoel, ac mewn dwy neu dair munud, cyn gynted ag y sylweddolodd y bobl islaw nad oedd hi'n bosibl mai bom oedd y peth, dyma nhw'n llifo mas o'r llochesi a'r rheilffyrdd tanddaearol i syllu'n gegrwth ar y rhyfeddod. Roedd y strydoedd am hanner milltir o gwmpas yr adeilad yn llawn dynion a menywod, a phan aeth y gair ar led fod pethau byw yn symud ar ben y belen gron enfawr, yna aeth pobl yn wyllt o gyffrous.

'Soser hedegog yw hi!' gwaeddon nhw.

'Maen nhw wedi dod o'r Gofod!'

'Dynion o'r Blaned Mawrth ydyn nhw!'

'Neu efallai eu bod nhw wedi dod o'r Lleuad!'

Ac meddai dyn a oedd yn edrych drwy bâr o binocwlars, 'Maen nhw'n edrych yn *ddigon* rhyfedd i mi, fe ddweda i gymaint â hynny wrthoch chi.'

Cyrhaeddodd ceir heddlu ac injans tân dan sgrechian o bob cwr o'r ddinas a pharcio y tu allan i'r Empire State Building. Heidiodd dau gant o ddynion tân a chwe chant o blismyn i'r adeilad a lan yn y lifftiau cyn uched ag y gallen nhw. Yna dyma nhw'n llifo mas i'r to gwylio – dyma'r lle mae twristiaid yn sefyll – yn union wrth waelod y pigyn mawr.

Roedd yr heddlu i gyd yn dal eu gynnau'n barod, gyda'u bysedd ar y gliced, ac roedd y dynion tân yn cydio'n dynn yn eu bwyelli. Ond o'r man lle rodden nhw'n sefyll, bron yn union o dan yr eirinen wlanog, allen nhw ddim gweld y teithwyr fry ar ei phen.

'Hei!' gwaeddodd Pennaeth yr Heddlu. 'Dewch mas a dangos eich hunain!'

Yn sydyn ymddangosodd pen mawr brown y Neidr Gantroed dros ymyl yr eirinen wlanog. Dyma ei lygaid du, mor fawr a chrwn â dwy farblen, yn rhythu i lawr ar y plismyn a'r dynion tân oddi tano. Yna dechreuodd ei wyneb anferth hyll wenu fel giât.

Dyma'r heddlu a'r dynion tân i gyd yn dechrau gweiddi ar unwaith. 'Gwyliwch!' gwaeddon nhw. 'Draig yw hi!'

'Nid Draig yw hi! Ellyll yw e!'

'Gorgon yw e!'

'Neidr fôr yw hi!'

'Bwgan yw e!'

'Manticor yw e!'

Llewygodd tri dyn tân a phum plismon a bu'n rhaid eu cario nhw i ffwrdd.

'*Snozzwanger* yw e!' gwaeddodd Pennaeth yr Heddlu.

'*Whangdoodle* yw e!' bloeddiodd Pennaeth yr Adran Dân.

Roedd y Neidr Gantroed yn dal i wenu. Roedd e fel petai wrth ei fodd â'r cynnwrf roedd e'n ei achosi.

'Nawr, edrychwch!' gwaeddodd Pennaeth yr Heddlu, gan ddal ei ddwylo'n gwpan am ei geg. 'Gwrandewch arna i. Dwi eisiau ichi ddweud wrtha i'n union o ble daethoch chi!'

'Rydyn ni wedi dod o rywle filoedd o filltiroedd i ffwrdd!' gwaeddodd y Neidr Gantroed yn ôl, gan wenu'n fwy nag erioed a dangos ei ddannedd brown.

'Dyna chi!' galwodd Pennaeth yr Heddlu. 'Fe *ddwedais* i wrthoch chi eu bod nhw wedi dod o'r Blaned Mawrth!'

'Mae'n debyg eich bod chi'n iawn!' meddai Pennaeth yr Adran Dân.

Ar hynny, gwthiodd yr Hen Sioncyn y Gwair Gwyrdd ei ben gwyrdd enfawr dros ymyl yr eirinen wlanog, wrth ochr pen y Neidr Gantroed. Llewygodd chwe dyn cryf mawr arall wrth ei weld e.

'Oinc yw hwnna!' sgrechiodd Pennaeth yr Adran Dân, 'Dwi'n *gwybod* mai Oinc yw e!'

'Neu Geiliog Neidr!' bloeddiodd Pennaeth yr Heddlu. 'Sefwch 'nôl, ddynion! Fe allai e neidio i lawr arnon ni unrhyw eiliad!'

'Am beth yn y byd maen nhw'n sôn?' meddai'r Hen Sioncyn y Gwair Gwyrdd wrth y Neidr Gantroed.

'Dim syniad,' atebodd y Neidr Gantroed. 'Ond mae'n amlwg eu bod nhw'n becso'n ofnadwy am rywbeth.'

Yna dyma ben mawr du dychrynllyd yr olwg Miss Corryn, sef yr un mwyaf brawychus o'r cyfan i rywun dieithr, yn ymddangos nesaf at ben Sioncyn y Gwair.

'Nadroedd ac ysgolion!' bloeddiodd Pennaeth yr Adran Dân. 'Mae hi ar ben arnon ni nawr! Sgorpion anferth yw e!'

'Gwaeth na hynny!' gwaeddodd Pennaeth yr Heddlu. 'Cnid gwenwynig yw e! O, edrychwch ar ei wyneb erchyll gwenwynig e!'

'Ai dyna'r math sy'n bwyta dynion yn eu llawn dwf i frecwast?' gofynnodd Pennaeth yr Adran Dân, gan fynd yn wyn fel y galchen.

'Dwi'n ofni taw e,' atebodd Pennaeth yr Heddlu.

'O, *plîs* pam na wnaiff rhywun ein helpu ni i ddod

lawr o fan hyn?' galwodd Miss Corryn. 'Mae'n gwneud i 'mhen droi.'

'Efallai taw tric yw hyn!' meddai Pennaeth yr Adran Dân. 'Peidiwch â symud gewyn tan imi ddweud wrthoch chi!'

'Gallai fod drylliau gofod gyda nhw!' mwmianodd Pennaeth yr Heddlu.

'Ond mae'n *rhaid* inni wneud *rhywbeth*!' cyhoeddodd Pennaeth yr Adran Dân yn ddifrifol. 'Mae tua phum miliwn o bobl yn sefyll lawr fan'na ar y stryd yn ein gwylio ni.'

'Yna pam na wnewch chi osod ysgol?' gofynnodd Pennaeth yr Heddlu iddo fe. 'Fe safa i ar y gwaelod i'w dala hi'n gadarn tra eich bod chi'n mynd lan i weld beth sy'n digwydd.'

'Diolch yn dalpiau!' meddai Pennaeth yr Adran Dân yn swta.

Cyn hir roedd dim llai na *saith* wyneb anhygoel mawr yn syllu i lawr dros ymyl yr eirinen wlanog – y Neidr Gantroed, yr Hen Sioncyn y Gwair Gwyrdd, Miss Corryn, y Mwydyn, y Fuwch Goch Gota, y Pryf Sidan, a'r Pryfyn Tân. Ac roedd y dynion tân a'r heddlu ar y to'n dechrau drysu gan ofn.

Yna'n sydyn, ar unwaith, daeth y dryswch i ben ac ebychodd pawb mewn rhyfeddod. Oherwydd nawr, roedd bachgen bach i'w weld yn sefyll i fyny yno wrth ochr y creaduriaid eraill. Roedd ei wallt yn chwythu yn y gwynt, ac roedd e'n chwerthin ac yn codi ei law ac yn galw, 'Helô, bawb! Helô!'

Am rai eiliadau, wnaeth y dynion islaw ddim byd ond sefyll a syllu a rhythu. Allen nhw ddim credu eu llygaid.

'*Myn brain* i!' gwaeddodd Pennaeth yr Adran Dân, a'i wyneb yn gwrido i gyd. 'Bachgen bach *yw* e go iawn, yntê?'

'Peidiwch â bod ag ofn, os gwelwch yn dda!' galwodd James. 'Rydyn ni mor falch o fod yma!'

'Beth am y lleill sydd gyda ti?' gwaeddodd Pennaeth yr Heddlu. 'Oes un ohonyn nhw'n beryglus?'

'Wrth gwrs nad ydyn nhw'n beryglus!' atebodd James. 'Nhw yw'r creaduriaid neisaf yn y byd. Gadewch imi

eu cyflwyno nhw ichi fesul un ac yna dwi'n siŵr y
byddwch chi'n fy nghredu i.'

'Wel, dyma'r Neidr Gantroed ac fe ddweda i wrthoch chi
Mai un annwyl yw e wir (er ei fod e'n fawr fel fi).
Brenhines Sbaen a'i ffoniodd ef i'w wahodd ati hi
I warchod plant, canu cerdd dant a bod yn ffrind o fri
Pan fydd y nyrs yn sâl a hithau'n mynd am dro â'r ci.'
('Dim rhyfedd,' meddai'r Dynion Tân, 'Mae hi'n ddwl,
    neu dyna'r si.')

'Mae'r Mwydyn, wedyn,' meddai James yn llawen ac
    yn llon,
'Yn creu mân lwybrau yn y pridd i'w wneud yn newydd
    sbon,

Fe allai hefyd yn ddi-os
Wneud twnelau hir a ffos,
Palu'n y ddaear ddydd a nos
O dan y ddinas hon.'
(A'r Mwydyn wridodd yn goch iawn.
Miss Corryn waeddodd, 'O na bawn
Fel ef yn un mor ffyddlon!')

'Sioncyn y Gwair yw hwn, does neb tebyg,
Yn unman, rwy'n siŵr iawn o hynny.
Mae'n canu ei gân a does dim rhaid benthyg
Un ffidil, mae'n lwcus iawn felly.
Mae'n wych gyda phlant, mae'n degan bach twt,
Mewn tŷ, fflat mewn tref neu mewn tyddyn –
Os coswch chi fymryn ar waelod ei gwt,
Mae e'n hercian yn wyllt fel gwreichionyn.'
('Mae Sioncyn yn iawn, ac yn hwyl!'
      meddai Pennaeth y Plismyn.)

'A nawr rwy'n prysuro
Er mwyn cael cyflwyno
Y Pryfyn Tân gorau a welwyd.
Fe aiff heb un ffrwgwd
Ar wal neu ar nenfwd
I roi golau hardd ar eich aelwyd.
Mae hyn yn rhyfeddod:
Fydd byth angen diwrnod,
BYTH, BYTH angen diwrnod
O drydan, mae'r peth bron fel breuddwyd.'
(A gwaeddodd llwyth o blismyn tew
'Am un ddefnyddiol, hardd a glew,
Y creadur gwycha' a gafwyd!')

'A dyma Miss Corryn,
Sydd â milltir o linyn

Yn barod i'w ddirwyn ar ras.
Mae am i chi wybod
Nad yw hi yn boendod,
Ac rwy'n gwybod nad yw hi yn gas.
Os tybiwch chi felly,
Camargraff yw hynny,
Felly dwedwch yn uchel a chras:
"Rhaid peidio lladd corryn
Na'i niweidio'r un mymryn,
Ond ei gwahodd i chwarae â blas.'
(Bu'r Dynion Tân yn nodio
Am eu bod nhw yn cytuno
A hefyd rhyw ddwsin o'r Glas.)

'A dyma'n wir yr hyfryd Fuwch Goch Gota welwch chi,
Fe fuodd hi drwy'r daith i gyd mor annwyl wrtho.
Mae ganddi bedwar cant o blant 'nôl gartre, rhai bach
*   chwim,*
Eirinen wlanog arall ddaw, byddant yma cyn pen dim.'
(Roedd yr Heddlu'n dwlu arni,
Ac un o'r Dynion Tân yn gweiddi
'Hi yw'r fuwch goch gota orau im!')

'Yn olaf,' meddai James, 'rwy'n siŵr
Mai'r un rhyfeddaf ar y tŵr
Yw'r Pryf Sidan: mae'n creu defnydd
Meddal hyfryd mewn tomennydd.
Gallech chwilio'r byd yn grwn
Heb weld sidan gwell na hwn:
Does gan siopau Sbaen a Tseina,
Ffrainc a Groeg a Sgandinafia,
Ddim byd tebyg iddo'n wir,
Mae e'n wych, mae hynny'n glir.
Ac o'r sidan sy'n rhyfeddod
Cafodd eich Arlywydd wasgod.
Dillad priodas sawl brenhines
Wnaed o sidan ein harwres,
Ac actoresau o bob man
Sy'n gwisgo dillad hardd o sidan.'
('Wel da iawn hi!' gwaeddodd yr Heddlu
A dechreuodd pobl fynnu,
'Ewch i'w nôl nhw heb arafu
Fel y cawn ni eu croesawu.')

149

Tri deg wyth

Bum munud yn ddiweddarach, roedden nhw i gyd wedi cyrraedd i lawr yn saff, ac roedd James yn dweud ei stori'n llawn cyffro wrth grŵp o swyddogion syfrdan.

Ac yna'n sydyn – roedd pob un a oedd wedi dod draw ar yr eirinen wlanog yn arwr! Cawson nhw i gyd eu hebrwng i risiau Neuadd y Ddinas, lle gwnaeth Maer Efrog Newydd araith i'w croesawu. A thra ei fod yn gwneud hyn, dyma gant o simneiwyr, gyda llwyth o raffau ac ysgolion a phwlïau, yn heidio i ben yr Empire State Building ac yn codi'r eirinen wlanog enfawr oddi ar y pigyn a'i gostwng i'r ddaear.

Yna gwaeddodd y Maer, 'Nawr mae'n rhaid inni gael parêd tâp papur i'n hymwelwyr gwych!'

Ac felly cafodd gorymdaith ei ffurfio, ac yn y car cyntaf (sef limwsîn anferth heb do) eisteddai James a'i ffrindiau i gyd.

Nesaf daeth yr eirinen wlanog enfawr ei hun. Roedd dynion gyda chraeniau a bachau wedi ei chodi hi'n gyflym ar lorri fawr iawn a dyna lle roedd hi'n eistedd nawr, mor enfawr a balch a dewr ag erioed. Wrth gwrs, roedd tipyn bach o dwll yn y gwaelod lle roedd pigyn yr Empire State Building wedi mynd i mewn, ond pa ots am hynny – neu'n wir am y sudd eirin gwlanog a oedd yn diferu allan ohoni ar y stryd?

Y tu ôl i'r eirinen wlanog, yn llithro dros bob man yn y sudd eirin gwlanog, daeth limwsîn y Maer a'r tu ôl i limwsîn y Maer daeth tua ugain o limwsinau eraill yn cario pobl bwysig y Ddinas.

Ac fe aeth y tyrfaoedd yn ferw gwyllt o gyffro. Roedden nhw'n sefyll yn rhes ar hyd y stryd ac yn pwyso o ffenestri'r nendyrau, gan weiddi hwrê a gweiddi a sgrechian a churo dwylo a thaflu darnau o bapur gwyn a thâp papur, a safai James a'i ffrindiau yn eu car a chwifio eu dwylo 'nôl arnyn nhw wrth iddyn nhw fynd heibio.

Yna digwyddodd rhywbeth eithaf rhyfedd. Roedd yr orymdaith yn symud yn araf ar hyd Fifth Avenue pan redodd merch fach mewn ffrog goch o ganol y dyrfa'n sydyn a gweiddi, 'O, James! James! *Plîs* gaf i ddarn bach o dy eirinen wlanog ryfeddol di i'w brofi?'

'Helpa dy hunan!' gwaeddodd James 'nôl. 'Bwyta gymaint ag wyt ti eisiau! Wnaiff hi ddim cadw am byth, ta beth!'

Cyn gynted ag y dywedodd e hyn, daeth tua hanner cant o blant eraill o'r dyrfa a rhedeg ar y stryd.

'Gawn *ni* damaid hefyd?' galwon nhw.

'Wrth gwrs y cewch chi!' atebodd James. 'Fe all pawb gael peth!'

Neidiodd y plant ar y lorri a heidio fel morgrug dros yr eirinen wlanog enfawr, gan fwyta a bwyta eu gwala a'u gweddill. Ac wrth i'r newyddion am yr hyn oedd yn digwydd fynd ar led yn gyflym o stryd i stryd, daeth mwy a mwy o fechgyn a merched yn rhedeg o bob cyfeiriad i ymuno â'r wledd. Yn fuan, roedd rhes o blant ryw filltir o hyd yn rhuthro ar ôl yr eirinen wlanog wrth iddi fynd yn ei blaen yn araf i fyny Fifth Avenue. Yn wir, roedd hi'n olygfa anhygoel. I rai pobl, roedd hi'n edrych fel petai Pibydd Brith Hamelin wedi dod i Efrog Newydd yn sydyn. Ac i James, nad oedd erioed wedi breuddwydio y gallai fod cymaint â hyn o blant yn y byd, dyma'r peth mwyaf rhyfeddol a oedd wedi digwydd erioed.

Erbyn i'r orymdaith ddod i ben, roedd y ffrwyth anferth cyfan wedi ei fwyta i gyd, a dim ond y garreg fawr frown yn y canol, wedi ei llyfu'n lân gan ddeg mil o dafodau bach eiddgar, oedd yn dal i sefyll ar y lorri.

Tri deg naw

Ac felly y daeth y daith i ben. Ond roedd bywydau'r teithwyr yn parhau. Daeth pob un ohonyn nhw'n gyfoethog ac yn llwyddiannus yn y wlad newydd.

Cafodd y Neidr Gantroed ei wneud yn Is-Arlywydd-yn-Gyfrifol-am-Werthiant mewn cwmni gwneuthurwyr esgidiau o safon uchel.

Cafodd y Mwydyn, gyda'i groen pinc hyfryd, ei gyflogi gan gwmni sy'n gwneud hufen wyneb i fenywod i siarad ar hysbysebion teledu.

Sefydlodd y Pryf Sidan a Miss Corryn, ar ôl iddyn nhw gael eu dysgu i wneud edau neilon yn lle edau sidan, ffatri gyda'i gilydd i wneud rhaffau i gerddwyr ar raff.

Daeth y Pryfyn Tân yn olau yn y fflachlamp ar y Statue of Liberty, ac felly llwyddodd y Ddinas ddiolchgar i arbed gorfod talu bil trydan enfawr bob blwyddyn.

Daeth yr Hen Sioncyn y Gwair Gwyrdd yn aelod o Gerddorfa Symffoni Efrog Newydd, lle roedd pawb yn edmygu ei ganu.

Priododd y Fuwch Goch Gota, a oedd wedi cael ei blino gydol ei bywyd â'r ofn bod ei thŷ ar dân a'i phlant i gyd wedi mynd, â Phennaeth yr Adran Dân a bu'n byw'n hapus byth wedyn.

Ac am garreg yr eirinen wlanog enfawr – cafodd ei gosod yn barhaol mewn man anrhydeddus yn Central Park a daeth yn gofadail enwog. Ond nid cofadail *yn unig* oedd e. Roedd e hefyd yn dŷ enwog. Ac y tu mewn i'r tŷ enwog roedd person enwog yn byw –

JAMES HENRY TROTTER

ei hun.

A'r cyfan roedd rhaid iti ei wneud unrhyw ddiwrnod o'r wythnos oedd mynd i guro wrth y drws, a byddai'r drws bob amser yn cael ei agor i ti, a byddet ti bob amser yn cael dy wahodd i mewn i weld yr ystafell enwog lle cwrddodd James â'i ffrindiau gyntaf. Ac weithiau, os oeddet ti'n lwcus iawn, byddet ti'n dod o hyd i'r Hen Sioncyn y Gwair Gwyrdd yno hefyd, yn gorffwyso'n dawel mewn cadair o flaen y tân, neu efallai mai'r Fuwch Goch Gota fyddai yno, wedi galw i mewn am baned o de a sgwrs, neu'r Neidr Gantroed i ddangos sypyn newydd o esgidiau arbennig o hardd roedd e newydd gael gafael arnyn nhw.

154

Bob diwrnod o'r wythnos, llifai cannoedd ar gannoedd o blant o bell ac agos i'r Ddinas i weld carreg ryfeddol yr eirinen wlanog yn y Parc. A nawr roedd gan James Henry Trotter, sef, os cofi di, y bachgen bach tristaf a mwyaf unig y gallet ti fod wedi dod ar ei draws, lond gwlad o ffrindiau i chwarae â nhw. Ac oherwydd fod cymaint ohonyn nhw'n ymbil arno fe o hyd ac o hyd i adrodd ac ailadrodd stori ei anturiaethau ar yr eirinen wlanog, meddyliodd y byddai'n braf petai e ryw ddiwrnod yn eistedd a'i hysgrifennu hi fel llyfr.

Felly dyna beth wnaeth e.

A *dyna*'r llyfr rwyt ti newydd orffen ei ddarllen.

ROALD DAHL

GANWYD: Llandaf, Cymru, 1916.

YSGOLION: Ysgol y Gadeirlan, Llandaf, St Peter's, Repton.

SWYDDI: Cynrychiolydd Cwmni Olew Shell yn Nwyrain Affrica, peilot awyren ymladd gyda'r Awyrlu yn yr Ail Ryfel Byd, swyddog gyda'r Awyrlu, awdur.

James a'r Eirinen Wlanog Enfawr oedd ail lyfr Roald Dahl i blant. Fe'i hysgrifennodd yn Efrog Newydd yn ystod gaeaf 1960 ar ôl cyfnod o ddwy flynedd ar bymtheg o ysgrifennu storïau byrion i oedolion yn unig. Cafodd Theo, mab bychan Dahl, ddamwain ofnadwy tra oedd Dahl yn ysgrifennu'r llyfr hwn a dywedodd fod gallu diflannu i'r byd yma o ffantasi am ychydig oriau bob dydd wedi ei helpu drwy'r argyfwng. Heddiw, yn ffodus iawn, mae Theo a *James* ill dau'n fyw ac yn iach.

Bu farw Roald Dahl yn 1990 yn saith deg pedwar oed.

Dyma ei arwyddair:

> Wrth losgi 'nghannwyll ar bob pen
> Rhy gwta fydd ei bywyd,
> Ond, ffrindiau annwyl, coeliwch fi,
> Mae 'i golau hi yn hyfryd.

I gael golwg fanylach ar fyd Roald Dahl, ewch i'r wefan:
www.roalddahl.com

Hefyd ar gael oddi wrth Rily Publications:

LLEIDR AMSER, Terry Pratchett

CHARLIE A'R FFATRI SIOCLED, Roald Dahl

www.rily.co.uk